안녕, 나를
마중하러
왔어

박사랑
장편소설

안녕, 나를 마중하러 왔어

㈜ 자음과모음

차
례

불행이 제곱수로 붙을 확률

십팔 세 청소년의 하루가 눈뜨자마자 시발, 로 시작할 확률은 매우 높다. 오 분만 더 잔다는 게 십오 분이 되어 버렸고, 덕분에 엄마의 잔소리는 폭격 수준으로 등급이 높아졌다. 헤어 롤러로 간신히 말아 놓은 앞머리는 비뚤게 뻗치고 말았다. 시작부터 망한 하루였다. 놀랍지도 않았지만.

겨우 버스에 몸을 욱여넣고 간신히 버티는 동안 내 낡은 운동화는 몇 번이나 사람들의 발에 차이고 밟혔다. 그 와중에도 오늘 새 운동화가 아닌 헌 운동화를 신고 와서 다행이라고 행복 회로를 돌리는 걸 보면, 나라는 K-청소년의 정신력은 꽤 쓸 만하다.

간신히 등교 지옥을 통과하자 앞에 다른 지옥이 펼쳐져 있었다. 칠판에 적힌 선명한 글씨.

11번

12번

아, 나 오늘 주번이었구나. 왜 내가 주번을 할 차례는 다른 애들보다 빨리 돌아오는 것 같지? 비문학 지문에서 읽은 시간의 상대성 어쩌고 하는 문장이 잠시 떠올랐지만, 곧 떠나갔다.

오늘도 간신히 지각을 면한 양지수는 책상에 몸을 내맡기며 짜증으로 첫 대화를 열었다.

"맨날 학교 오려니까 개 힘듦. 코로나 때가 좋았는데."

수업은 대부분 화상으로 진행되고 일주일에 몇 번 정도만 학교에 나오던 그 시절이 벌써 그리웠다. 2주에 한 번, 아니, 백번 양보해서 이틀에 한 번 정도면 충분할 것 같은데 왜 매일 가야 하는 건지. 내일도 학교 오지? 투정하듯 내뱉은 지수의 말에 지나가던 세빈이 대꾸했다.

"오는 게 아니라 가는 거겠지."

"집에 있는 시간보다 학교에 있는 시간이 훨씬 긴데, 아무래도 오는 게 맞아."

둘의 대화를 들으며 나는 무심히 '고 투 스쿨(go to school)'과 '백 투 스쿨(back to school)'을 떠올렸다. 백 투 스쿨이 입에 착착 붙는 걸 보니 아무래도 오는 게 맞아. 지수가 한 말에 혼자 고개를 끄덕여 주었다.

지수와 세빈은 시간표를 확인하다 또다시 절망적인 대화를 나누었다. 누가 월요일 2교시부터 체육을 넣어 놨냐, 극혐이다로 시작된 대화는 자신이 극혐하는 것들로 나아갔고, 나는 대화에 끼는 대신 머릿속에 내가 혐오하는 것들을 나열해 보았다. 월요일, 생리통, 체육, 여름, 더위, 벌레. 주번은 넣으려다 말았다. 평소 같으면 당연히 싫은 게 주번이지만, 오늘은 체육 시간에 안 나가도 되니까 이득.

1교시 수학 시간은 졸다 끝났고, 쉬는 시간에 세상 요란하게 체육복을 갈아입던 애들은 지금 쨍쨍한 볕 한가운데 서 있다. 세빈은 나가기 전에 선크림을 덧발랐는지 얼굴이 허옇게 떠 있었고, 지수는 미간이 조여들다 못해 붙을 것 같았다. 친구들을 보며 피식거리는데 갑자기 배가 꿀렁이며 신호를 보냈다.

생리인가?

생각하기가 무섭게 휴대폰 알림이 울렸다.

앞으로 일주일 안에 아무 때나 생리가 시작될 수 있습니다.

아무리 봐도 울컥하는 문구다. 아무 때나가 뭐야, 아무 때나가! 그리고 그게 하필 지금이라니.

화장실로 향하는 발걸음이 무거웠다. 원래 불행은 떼로 몰려오는 법인데, 아랫배의 기운도 심상치 않고 찝찝한 느낌이 벌써 발끝부터 스멀거리며 올라오고 있다.

기대했던 반전은 없었다. 생리는 샜고, 심지어 속옷을 넘어 교복 치마에도 생리혈이 묻어 있었다. 잘하면 안 보일 것 같지만, 잘못하면 보일 것도 같은 위치의 자국을 몇 번이나 뒤집어 보고 엎어 보다 결국 체육복으로 갈아입었다. 나는 이쯤에서 '월요일 절망 편'이 마무리되기를 빌었으나, 이것은 예고편에 불과했다.

생리통은 점점 심해졌고, 불쾌지수와 불만 계수도 계속 상승 곡선을 그리고 있었다.

[엄마, 나 생리통이 너무 심해서 그러는데 조퇴하면 안 돼?]

문자 창에 문장을 입력만 해 두고 전송 버튼을 누르지 못했다. 혼나겠지? 허락 안 해 주겠지?

고민하는 사이 담임의 짜증 섞인 목소리가 나를, 아니, 12번을 불렀다. 내가 담임 앞에 서자 담임은 나를 흘끗 보고는 너 몇 번이야? 하고 물었다. 내 대답을 듣고는 11번! 이라고 외치다 심윤서! 라고 바꿔 불렀다. 심윤서는 담임보다 훨씬 더 짜증 섞인 목소리로 대꾸했다. 아, 왜요.

담임의 잔소리 레퍼토리는 성대모사를 할 수 있을 정도로 이미 잘 알고 있다. 칠판 정리하라고 했지. 교탁도 비뚤어졌잖아. 컴퓨터 쓴 다음 모니터 끄라고 몇 번을 말했냐. 주번이 하는 일이 뭐냐.

예, 예, 주번이 하는 일이 뭘까요. 님이 말한 그 모든 일이겠죠. 그래도 나는 설렁설렁 들어 넘기며 무표정을 유지했지만 심윤서는 아예 표정이 썩어 있었다.

담임은 목소리를 더 높이며 내쫓듯이 심윤서, 교무실 가서 마커 가져와! 하고는 인상을 찌푸렸다. 곧 나에게 잔소리가 이어질 것 같아 어깨를 움츠리고 있는데 너, 너, 하던 담임이 말을 잇지 못했다. 잠시 공백이 생겼고,

"야, 12번, 빨리 칠판 닦아."

이것으로 마무리되었다. 야, 12번. 참으로 정확한 호칭이네. 물론 내 목표는 매일 학교에서 그 누구에게도 이름이 불리지 않고 조용히 하루가 끝나는 것이지만, 괜히 마음이 꽁해지는 건 어쩔 수 없었다.

상황은 거기서 끝났고 칠판도 더할 나위 없이 깨끗하게 지웠는데, 생리통은 더욱 심해졌다. 더위와 맞물려 몸에서 계속 땀이 흘렀다. 적어만 두고 전송하지 않았던 문장을 마침내 엄마에게 보냈다. 허락해 주지 않으면 다음 말은 뭐라고 할까. 엄마, 이번엔 진짜 힘들어서 그래. 조금 쉬고 나서 학원에는 꼭 갈게. 오늘만 봐줘. 아니, 이렇게 애원하는 것도 억울하네. 아직 안 된다는 답장이 온 것도 아닌데 나는 이미 씩씩거리는 중이었다.

[그래.]

엄마의 답장은 간단했다. 혼자 파들거린 게 민망해질 만큼.

쉬는 시간이 되자마자 교무실로 갔다. 조퇴 허락을 받은 순간부터 통증이 가벼워졌지만, 이런 기회를 놓쳐서는 안 되니까. 생리통 때문에 조퇴하겠다는 내 말을 듣는 내내 담임은 인상을 쓰고 있었다. 안 된다고 하면 어떡하지, 하는 생각이 엄마한테 전화해 달라고 할까, 로 이어지는데, 담임이 의외로 순순히 조퇴증을 꺼냈다. 몇 번이지? 라는 말에 냉큼 12번이요! 하고 대답하면서 너무 들뜨지 말아야겠다고 스스로를 다잡았다.

반과 번호를 빠르게 채우던 담임은 이름 칸에서 손을 멈췄다. 나는 설마 했지만, 잠시 기다리는 사이 이름을 말할 타이밍을 놓쳤다. 담임도 미안한 마음이 들었는지 내게 이름까지 묻지는 않았다. 몇 초 되지 않는 시간이었지만 유난히 길게 느껴졌다.

다시 한번 시간의 상대성을 떠올리려는 찰나, 담임이 고개를 들었다. 움찔했다. 다행히 눈이 마주치지는 않았다.

아, 명찰 보려고 하는구나. 센스 있게 명찰 스캔을 끝낸 담임은 시원스레 사인까지 마치고 조퇴증을 내밀었다.

쉬는 시간이 끝나기 전에 재빨리 가방을 챙겨 나오면서 주머니에 든 조퇴증을 제대로 봤다.

1학년 5반 12번 김나래

아, 이건 뭐지. 발걸음이 딱 멈췄다. 내 이름이 적히지 않은 내 조퇴증. 명찰을 보려면 제대로 볼 것이지. 한숨이라도 크게 내쉬고 싶었지만 그것도 쉽지 않았다. 무언가 꽉 막힌 느낌. 햇볕은 너무도 쨍쨍했고, 후텁지근한 공기 속에서는 바람 한 점 느껴지지 않았다.

내가 너무 쓸데없이 예민한가. 공부도 잘 못하고 말썽도 피우지 않는 나 같은 건 어차피 기억되지 않는 게 당연한데. 그런데 오늘 누가 내 이름을 불러 주긴 했나? 지수가 불러 줬나, 세빈이가 불러 줬나. 엄마도 안 불러 준 것 같은데. 나, 오늘따라 왜 이렇게 이름에 집착하는 거지? 나 자신에게 되물어도 답은 없었다. 분명 이름이 있는데 없는 것 같은 하루.

나는 잘못된 이름으로 아무렇지 않게 교문을 통과했다. 이름을 잃었어도 학교는, 길은, 세상은 그대로여서 그냥 걸어 나왔다.

버스 정류장에 앉아 기다리는 버스가 구 분 오십팔 초 후에야 온다는 것을 확인하자 어깨가 늘어졌다. 마냥 기다리기에는 너무 길게 느껴지지만, 무언가를 하기에는 짧은 그 시간 동안 나는 그저 멍하니 앞만 봤다.

평일 낮. 지나가는 차도 사람도 다 바빠 보인다. 오직 나만 멈춰 있는 것 같다. 이대로 시간이 정말 멈춰 버린다면, 『해리 포터』 시리즈처럼 9와 4분의 3 승강장이 나타난다면, 게임처럼 판타지 세계에 갈 수 있다면 등등의 재미도 영양가도 없는 생각을 이어가는 사이, 버스가 도착했다.

가방을 메고 일어나는 순간, 툭, 하는 소리와 함께 명찰이 떨어졌다. 떨어지며 뒤집힌 명찰은 하필 깨진 보도블록 틈새에 끼었고, 그것을 줍느라 꿈지럭거리는 동안 버스는 가 버렸다.

다음 버스가 십삼 분 후에 온다는 것을 확인하고 벤치에 주저앉았다. 이게 뭐라고. 그냥 버리고 탈걸. 명찰 귀퉁이가 손바닥을 파고들었다. 귀찮고 짜증 나고 힘들고 억울하고 분한 감정이 한꺼번에 일어 가라앉을 줄 몰랐다.

그래서 내가 명찰을 집어 던졌나, 아니면 던지려고 했나? 하여튼 어떤 연결 동작을 하다 알 수 없는 이유로 몸이 멈췄고, 앞이 흐릿해졌다. 생리통 때문에 갑자기 몸이 이상해졌나.

그때, 구멍 같은 곳에 발이 빠졌다. 알 수 없는 상황 속에서도 나는 걷고 있었다. 걸어야만 할 것 같았다.

다시 태어났다는 설정값

겨우 눈을 떠 보니, 앞에 터널 같은 곳이 펼쳐져 있었다. 나는 걷는 중이라기보다는 허우적대는 중이었다. 답답한 마음에 무슨 소리라도 내려고 팩 내뱉었을 때, 나오는 건 울음뿐이었다. 아기의 첫 호흡과 같은 울음. 그때 눈치챘으면 좋았을 텐데, 다시 태어났다는 것을. 아니지, 알았다고 해도 내가 할 수 있는 일은 어차피 없었겠지.

아무튼, 나는 이상한 타이밍에 어디선가에서 태어났다. 그리고 그곳이 조선 시대의 원주라는 건 아주아주 오랜 시간이 지난 뒤에야 알게 되었다.

분명히 2024년, 서울에서 조퇴해 집에 가는 길이었는데. 드라마틱한 충돌도 없었고 차원의 문 같은 것을 열지도 않았는데. 어째서 다른 시공간으로 오게 된 건지 정말 모를 일이었다. 그리고 그런 내 사정을 누군가 알아줄 리도 없었다. 나는 겉보기에는 아무 문제도 없는 백씨 집안 막내딸이었고, 이제 막 걸음마를 뗀 상황이었으니까. 드라마나 영화를 보면 다른 세계로 넘어가더라도 몸은 그대로던데, 나는 왜 다시 태어난 건지.

어쨌든, 나는 이 비논리적이고 비현실적인 세상에서 살아가야만 했다. 내가 아무리 정신적으로 성숙한 열여덟이라고 해도 신체의 발육을 뛰어넘을 수는 없었다. 생각을 어른처럼 해도 나오는 말은 아다다, 어버버 정도였고, 애써서 발음해도 엄마, 맘마 이상의 것을 내뱉을 수 없었다.

제법 말다운 말을 할 수 있게 되었을 때, 나는 어머니에게 사실 내가 미래에서 왔다고 조심스럽게 고백했다. 어머니는 잠시 고운 미간을 좁혔을 뿐 이렇다 할 반응을 보이지 않았다. 누가 내 말을 믿어 준다는 것 자체가 이상한 일임을 스스로도 알고 있었으므로 크게 실망하지는 않았다. 그러기에는 이미 너무 많이 와 버렸고, 너무 많이 변해 버렸으니까.

백모월, 아홉 살. 키는 또래보다 조금 크고 말은 제법 잘하며, 엉뚱하다는 평가를 듣기는 하지만 크게 튀지 않고 잘 성장하는 중. 아버지는 중앙 관리직에서 은퇴한 후 지방직을 맡아 고을 감사로 일하고, 어머니는 그런 아버지를 보필하며 집안을 살핀다. 평범한 중산층 양반. 양반에 중산층이라는 말이 어울리는지는 잘 모르겠지만.

양반가에 태어난 건 분명 행운이었으나, 날 때부터 가진 것에 고마운 마음이 들지는 않았다. 부드러운 비단옷을 입고 고운 당혜를 신는 건 내게 당연한 일이었고, 애기씨라는 호칭도 이제 익숙했다.

나를 모월이라고 불러 주는 이는 많지 않았다. 마을 사람들은 백 참의 댁 막내딸이라 칭했고, 가끔 어머니가 "백모월" 하고 풀네임으로 부를 때는 꼭 꾸지람을 들었다. 그건 현대나 과거나 마찬가지였다.

"애기씨, 어디 계세요? 같이 가요."

연시의 목소리가 들리자 나는 습관처럼 몸을 숙이고 나무 뒤에 숨었다. 이상하게 연시는 자꾸 놀리고 싶어진단 말이지. 어릴 때부터 유모가 같이 키운 터라 나이 차가 큰 오라비보다는 연시가 더 내 혈육같이 느껴졌다.

가지 사이로 눈만 빼꼼히 내놓고 허둥대는 연시를 바라보다 픽 웃음이 나왔다. 내 작은 웃음소리를 놓치지 않은 연시가 입술을 삐죽이며 다가왔다.

"애기씨는 어쩜 그리 발이 빠르셔요?"

연시는 감탄인지 투정인지 모를 말을 내뱉고는 숨을 몰아쉬었다. 나는 그 곁에 앉아서 같이 숨을 고르다 발라당 누워 버렸다. 연시가 바로 옷 버리면 안 되신다며 잔소리를 늘어놓았지만, 상관없었다. 발등을 조이던 신까지 벗어 던지고 숨을 크게 들이마셨다.

이 공기는 미래까지 이어져 있을까. 내가 지금 마시고 내뱉는 이 숨이 지구를 돌고 돌아 미래에도 닿을까. 쓸데없는 생각을 하다 보면 미래가 그리워졌다. 미래를 그리워하다니. 말이 되지 않는 문장을 머릿속에 썼다 금세 지웠다.

"연시야, 난 사실 여기 있을 사람이 아니야. 미래에서 왔다니까."

"또 그 소리세요? 한동안 잠잠하시더니. 그 미래는 어떤 미래인데요?"

"말 대신 자동차가 다니고 스마트폰으로 넷플릭스를 볼 수 있는 세상이지."

연시는 눈이 동그래진 채 나를 쳐다볼 뿐이었다.

"난 그 세상에서 무적의 K-고딩이었어."

"거기에서 애기씨 이름은 뭐였어요? 지금이랑 똑같았어요?"

이름. 그 단어만 나오면 입이 다물어진다. 나는 미래의 풍경을 너무나도 또렷하게 기억하고 있다. 집 앞 공원에 놓인 벤치의 수, 학교 현관에 난 스크래치, 자전거 가게 주인의 먼지떨이 색까지 선명한데 이상하게 내 이름만은 기억나지 않는다. 기억하려 할수록 머릿속이 까맣게 물들어 매번 포기해야 했다. 세 글자밖에 되지 않는 이름, 그게 대체 뭐라고.

"아, 배고픈데 뭐 먹을 거 없나."

괜스레 말을 돌리는 나를 보며 연시는 더 묻지 않고 약과를 내놓았다.

"미래에도 약과 있다. 내가 다니던 학교 앞에 카페가 있었는데, 약과 위에 아이스크림을 올리고 시나몬 가루를 뿌려 줬거든. 그게 진짜 맛있었어."

"저도 애기씨랑 같이 가 보고 싶어요."

내가 미래를 과거형으로 늘어놓아도, 알 수 없는 말을 반복해도 연시는 늘 웃으며 받아 주었다. 그래서 미래가 그리워도 견딜 만했다. 그곳에 소중한 것이 많았듯, 이제 여기에도 소중한 것이 많이 생겼으니까. 우선 이 솔숲의 냄새가 그렇고, 행랑어멈이 솜씨 좋게 만들어 낸 약과가 그렇고, 오라비가 한양에서 사다 준 당혜가 그렇고, 연시의 저 작은 손이 그렇다. 언젠가 미래로 다시 돌아가게 된다면 이런 것들이 그리울 게 뻔하다. 그래서 일단 약과를 한입에 욱여넣은 다음 당혜에 발을 넣고 연시의 손을 잡았다. 오늘치 행복 적립 완료.

노을 구경을 마치고 집으로 가는 발걸음을 서둘렀다. 종일 쏘다니고 나면 어둑해질 무렵에는 늘 허기가 진다. 어머니는 여자아이가 밖으로만 나돈다고 걱정했지만, 아직 어려서인지 막지는 않았다. 다만, 나가서도 몸가짐을 바르게 하라는 소리를 정말 귀에 박히게 들었다. 고운 목소리가 그 말을 할 때만큼은 딱딱하게 굳어서 나도 모르게 풀이 죽곤 했다.

그러나 나는 지금도 치맛자락을 휘날리며 뛰고 있다. 아마 어머니가 이 모습을 본다면 당장 나를 집 안에 가두고 내칙을 베끼게 할 것이 분명하다. 아홉 살짜리 어린아이에게 내칙은 너무 과하지 않느냐는 말은 매번 속으로만 주워섬겼다.

집 가까이에 닿자 치맛단을 털고 옷고름을 다시 맸다. 원래부터 이 차림이었던 양 조신하게 매무새를 다듬는 동안, 연시는 옆에서 삐져나온 머리를 정리해 주고 구겨진 저고리도 반듯이 펴주었다. 그런데 어쩐지 주변 분위기가 소란스러웠다. 무슨 일이 생긴 건지 고개를 빼고 봐도 알 수 있는 게 없어서, 일단 허기부터 해결하자는 마음으로 집으로 갔다.

분위기는 점점 더 심상치 않아졌다. 왜 포졸들이 우리 집 앞에 모여 있을까. 대문을 점령한 그들 때문에 집주인인 나도 안에 들기가 쉽지 않았다. 연시는 불안한 표정으로 나를 보았고, 나는 연시의 손을 잡고 후원 뒷문 쪽으로 갔다.

다행히 열려 있는 문 사이로 겨우 집 안에 들 수 있었다. 그러나 눈앞에 펼쳐진 장면에 나는 숨을 삼켜야 했다. 널려 있는 세간들, 무릎 꿇고 앉은 머슴들. 무슨 일인지 쉽게 파악되지 않았지만, 위험하다는 것만은 본능적으로 알 수 있었다.

나는 얼른 연시와 마루 밑으로 들어갔다. 어린아이만 숨을 수 있을 정도의 작은 틈에 엎드린 채 우리 둘은 숨을 죽이고 바깥을 살폈다. 보이는 건 바쁘게 움직이는 다리뿐이었다.

정신없는 사이에 어머니의 치맛자락을 알아본 것은 다행보다 불행에 가까웠다. 어머니는 포승줄에 묶인 채 꿇어앉아 있었다. 고운 목소리도 날 선 목소리도 없이 그저 흐느끼고 있었다. 주위는 여전히 소란스러웠고, 모두 추포하라는 명령이 몇 번이나 집 안을 울렸다.

한 발짝도 움직일 수 없었다. 움직여서는 안 된다고, 지금 이 좁은 틈보다 더 안전한 곳은 없다고 생각하며 몇 번이나 숨을 골랐다. 맞잡은 연시의 손이 떨리고 있었다. 아니, 떠는 것은 내 쪽일지도 모른다. 두려운 와중에도 우리는 서로의 손을 동아줄이나 되는 듯이 꼭 붙잡고 있었다.

"이게 무슨 소행입니까?"

오라비의 목소리였다. 오라비는 묶인 몸으로도 가만있지 않고 포졸들에게 계속 달려들었다.

위험해! 하지 마!

금방이라도 터져 나올 것 같은 말을 삼키며 나는 눈을 똑바로 떴다. 그들은 날뛰는 오라비를 제압하기 위해 오라비의 다리를 검으로 그어 버렸다. 나도 모르게 비명이 새어 나오려는 것을 연시의 바들거리는 손이 막았다. 연시는 곧이어 터지는 내 눈물까지 닦아 주었다. 모든 것이 너무 갑작스러웠다. 내가 할 수 있는 일은 하나도 없었다.

무력감에 짓눌려 이대로 잠들었으면 좋겠다고 생각하는 순간, 탄내가 느껴졌다. 어디선가 불이야! 하고 외치는 소리도 들려왔다. 이미 혼란스러웠던 집 안은 더더욱 난장판이 되었다. 불이 집을 뒤덮는 데 그렇게 짧은 시간이 걸릴 줄 몰랐다. 내가 나고 자란 집이, 창호 바른 문과 손때로 반들거리는 기둥과 얼마 전 다시 단단하게 고정해 둔 서까래가 순식간에 불길에 파묻혔다.

무섭고 두렵고 막막한 그 순간, 다행히 내 옆에는 연시가 있었다. 그래서 연시의 손을 이끌고 마루 밑에서 뛰쳐나와 쪽문을 향해 달렸다. 연시도 나도 이대로 이곳에 있을 수는 없었다. 우리는 그래서는 안 됐다.

아직 노 무슨 일인지 모르겠지만, 아무것도 모르지만, 이곳이, 이 마을이 위험하다는 건 느낄 수 있었다. 나는 연시를 끌고 산길로 향했다. 마을로 가면 아는 이와 마주칠 가능성이 컸다. 그들이 나를 도울 것이라는 생각이 들지 않았다. 모두 추포하라는 그 말속에 나 또한 끼어 있을 테니.

몇 년을 내 집처럼 드나들던 산인데도 어두워지니 낯설게만 보였다. 산짐승 소리가 드문드문 들려왔고, 풀벌레 소리는 끊이지 않았다. 그 사이로 연시의 헐떡이는 숨소리를 들은 건 꽤 오랜 시간이 지난 뒤였다.

"힘들지? 미안해."

내 목소리가 그렇게 떨리는지 나도 몰랐다. 처음으로 멈춰 연시의 얼굴을 제대로 보았다. 흙과 나뭇잎으로 엉망이 된 얼굴이 애써 울음을 참고 있었다. 내 얼굴도 딱 이렇겠지.

우리는 거울을 보듯 서로를 마주 보며 고이는 눈물을 훔쳐 냈다. 우는 건 나중에, 그건 나중에 실컷 하자는 내 말에 연시가 웃어 보였다. 그리고 품에서 약과 두 개를 꺼내 내밀었다. 나는 하나는 남겨 두고, 하나만 반으로 쪼개 연시에게 건넸다.

약과는 평소처럼 달지 않았다. 짜기도 하고 쓰기도 한 이상한 맛이 났다. 그건, 두려움의 맛이었다.

우는 건 나중에

밤새 걷다 해가 뜰 무렵 바위 뒤에 숨어 잠시 눈을 붙였다. 쪽잠이라도 자 두지 않으면 더는 견딜 수 없을 것 같았다.

정신이 가물가물한 와중에도 가야 할 길을 그려 보았다. 내가 아는 길은 이미 끝났다. 이제부터 내딛는 모든 발걸음이 처음 보는 곳에 닿을 것이다. 모르는 마을, 모르는 사람들 속에서 어떻게 살아야 할까. 우리를 도와줄 누군가가 있을까. 나에게도 내일이, 모레가 올까.

울컥 밀려드는 공포에 놀라 깼을 때, 내 곁에는 여전히 연시가 있었다. 연시는 고른 숨을 내뱉으며 잠들어 있었다. 이 아이의 짧은 단잠을 끊고 싶지 않았다. 터져 나오려는 울음을 다시 목 안으로 넘기며 숨과 마음을 다잡았다.

능선을 타고 한참 걷다가 아래로 보이는 마을에 마음이 잠시 설렜지만, 내려갈 수는 없었다. 사람이 있는 곳은 어디든 위험 경보가 울리고 있는 것 같았다. 둘 다 쉬지 않고 걷기는 했으나, 어린아이의 걸음으로 먼 거리를 이동하지는 못했을 게 뻔했다. 게다가 산길은 특히 거리감을 가지기 어렵다. 충분히 도망을 왔는지, 그 충분한 거리는 대체 어느 정도인지 곱씹어 생각해 봐도 답이 나오지 않았다.

연시가 마른기침을 해 댔다. 그러고 보니 물을 마신 지 너무 오래되었다. 꽤 오랫동안 샘물이 눈에 띄지 않아서였다. 연시는 괜찮다며 손으로 입을 막았지만, 터져 나오는 기침을 아예 멈출 수는 없었다.

마을로 내려가는 것을 포기하고 조금 더 걸었다. 해가 다시 기울고 있었다. 우리에게는 물도, 식량도 없다. 밤까지 머물 곳을 찾지 못하면 산속에서 굶어 죽거나 짐승의 먹이가 될지도 모른다. 나는 깊은 산골에서 오아시스를 바랐다. 오아시스, 오아시스.

그 단어를 백 서른여섯 번째 내뱉었을 때, 두레박을 발견했다. 두레박에는 맑은 물이 가득했다. 연시와 나는 허겁지겁 두 손을 모아 물을 떠 마셨다. 말라서 달라붙은 목구멍으로 시원한 물이 넘어가자 살 것 같았다. 한 모금의 물이 내가 살아 있다는 것을, 살고 싶다는 것을 알려 주었다.

그런데 왜 여기에 두레박이?

그제야 정신이 들고, 의문도 걱정도 들었다. 두리번거리는 나를 연시가 잡아끌었다. 애기씨, 저기 좀 보셔요. 연시의 손끝이 향한 곳에는 작은 오두막이 있었다. 문가가 깨끗하게 쓸려 있는 것으로 보아 누군가가 사는 집이 분명했다.

우리는 조심스레 오두막으로 다가갔다. 여기까지 온 이상 문을 두드려 보고 싶었다. 어차피 다른 선택지도 없었다. 해는 이미 넘어갔고, 주위는 어둑해지고 있으니.

몇 걸음 걷지도 않았는데 괜히 숨이 찼다. 문가에서 조금 떨어진 채 계세요? 하고 물었으나, 내 목소리는 문지방도 넘지 못할 만큼 작았다. 안에 누구 안 계세요? 다시 한번 목소리를 돋워도 고만고만했다.

참다못한 연시가 내 손을 놓고 뛰어가 오두막 문을 두드렸다. 제법 세게 두드렸는데도 반응이 없어 서로 눈치만 보고 있는데, 문이 벌컥 열렸다. 그 순간, 문에서 몇 발짝이나 떨어져 있던 나 혼자 주저앉았다. 부끄러웠지만 정말 어쩔 수 없는 일이었다.

오두막에서는 허리가 굽은 할머니가 나왔다. 뉘시오? 라는 말에 길을 잃었어요, 하루만 묵게 해 주세요, 라고 애원한 건 이번에도 내가 아니라 연시였다.

할머니는 말없이 손짓만으로 우리를 불러들였다. 오두막은 그리 넓지 않았으나 모든 물건이 정갈하게 제자리에 놓여 있었다. 그릇 몇 개, 숟가락과 젓가락 몇 벌이 나란히 줄 서 있었고 이부자리는 반듯이 개켜져 있었다. 할머니는 우리에게 숭늉을 내주며 어린 것들이 어쩌다, 하고 혀를 찼다. 연시와 나는 정신없이 숭늉을 넘겼다. 몇 개 되지 않는 밥알이 그렇게도 아쉬웠다.

우리가 숭늉을 비우는 동안 할머니는 작은 소반을 꺼내 상을 차렸다. 연시는 재빨리 일어나 늘 하듯이 할머니를 도왔다. 우두커니 앉은 건 나 하나뿐이었다.

산나물 두어 가지에 보리밥뿐인 밥상이었는데도 우리는 말 나눌 새도 없이 싹 비웠다. 그동안 할머니는 안쪽으로 들어가 잠자리를 보고 있었다. 연시는 할머니에게 묻지 않고도 그릇을 치우고 닦았다. 나는 아무리 봐도 제자리가 어디인지 모르겠는데, 연시는 척척 찾아서 얹어 두는 것을 보고 새삼 감탄했다.

어머니는 항상 연시를 칭찬하곤 했다. 어린 것이 손끝이 참 야무지다고. 그 생각 끝에 잊고 있던 기억 속 어머니가 밀려 나왔으나, 눈을 꾹 감아 울음을 참아 냈다.

고민과 걱정보다 피로가 나를 짓눌러 도무지 눈을 뜰 수가 없었다. 연시의 잠든 숨소리를 자장가 삼아 온몸의 힘을 뺐다. 가물가물한 시선으로 호롱불 앞에서 바느질하는 할머니를 보다 곧 잠이 들었다.

산속의 아침은 이르게 찾아왔다. 새들이 어찌나 재잘대는지 도무지 잠을 이어갈 수가 없었다. 부스스한 머리로 멍하니 자리에 앉아 있는데, 언제 일어났는지 연시가 어제 놓여 있던 모양 그대로 이부자리를 갰다.

아, 여기는 집이 아니지!

겨우 깨달은 내가 부산스럽게 움직여 봐도 연시의 손을 따라잡을 수는 없었다. 연시는 방 비질까지 마친 뒤 소매를 걷고 오두막 밖으로 나섰다.

할머니는 아궁이에 불을 놓고 있었다. 연시는 재빠르게 잔가지를 모아 아궁이 옆에 준비해 두고 할머니의 움직임을 따라 주걱이나 국자를 내밀기도 하고, 채소들을 씻고 다듬었다. 내가 무언가 거들어 보려고 하면 웃으며 자연스레 내 손에 있는 것들을 앗아갔다. 양반이라는 건 성을 잃으면 정말 하나도 쓸모가 없네. 행랑어멈이 밥 짓는 것을 자주 보았는데도 어느 순간에 무엇이 필요한지 전혀 짐작할 수가 없었다.

계속 우왕좌왕하는 나를 지켜보던 연시가 말했다.

"애기씨, 저 사잇길로 내려가면 작은 개울이 있어요. 거기서 씻고 오셔요."

전나무 사이로 난 길을 따라 오 분쯤 걸어 내려가자 여린 물줄기 소리가 들렸다. 무릎 높이까지 자란 풀들을 피해 좀 더 걸으니 과연 작은 개울이 있었다. 깊이도 얕고 크기도 얼마 되지 않았으나 몸을 씻는 데에는 충분할 것 같았다.

물 위에 내가 비쳤다. 눈곱도 떼지 못하고 어디서 묻었는지 모를 검댕까지 묻힌 채였다. 분명 초라한 행색인데 왠지 웃음이 났다. 어머니가 보셨다면 크게 혼났을 테지만, 지금 내 곁에 어머니는 없다. 하지만 이부자리와 밥을 챙겨 주는 할머니가 있고, 끝까지 내 손을 놓지 않는 연시도 있다. 그래서 잠시 맺힌 눈물을 금세 씻어 낼 수 있었다.

얼굴과 손발까지 깨끗이 닦고 올라오자 오두막 앞 평상에 진수성찬이 차려져 있었다. 조와 보리가 많이 섞여 있었지만 밥은 달았다. 맑은 뭇국은 시원했고 배춧잎은 아삭거렸다. 궁에 진상되는 음식이 어떨지 모르나, 분명 그것에 비견될 맛이었다.

아침상을 치우고 할머니는 호미와 갈퀴를 들고 텃밭으로 향했다. 연시와 내가 바로 그 뒤에 따라붙었다. 콩밭에 자란 잡초를 뽑고 콩에게 물을 주고 땅을 고르는 동안, 할머니는 우리에게 아무것도 묻지 않았다. 묻지 않고도 우리를 품어 주었다. 어째서, 라는 생각은 들지 않았다. 어린 것들을 품는 할머니의 손안에서 일단 쉬어 가기로 했다.

할머니와 연시와 나, 우리 세 사람의 삶은 단조로웠지만 그만큼 풍요로웠다. 몇 달째 할머니 밭일을 돕는 사이 연시뿐만 아니라 내 손도 꽤 여물었다. 요리에는 영 재능이 없었지만 밭일은 그럭저럭 익혀 나갔다.

산은 밤이 길었다. 할머니는 호롱불을 켜 두고 이부자리를 꿰매고 솜을 누볐다. 연시는 바늘귀에 실을 꿰어 주며 할머니를 도왔고, 나는 그 옆에서 책을 읽었다. 오두막 구석에 놓인 기다란 장에는 책이 한가득 쌓여 있었다. 나는 그 책이 어디서 난 거냐 묻지 않았고, 할머니는 내가 그 책을 꺼내 보아도 막지 않았다. 이제 양반집 규수로 사는 것은 포기했지만, 그래도 글 정도는 익혀 두어야 뭐든 할 수 있을 것 같았다.

할머니와 연시, 나는 서로를 의지하고 도우며 커 나갔다. 할머니는 너희 크는 것만 봐도 배가 불러 자신도 커지는 것 같다며 웃었다. 그렇게 지냈다. 사람의 눈길과 발길이 닿지 않는 곳에서 서로만 바라보며.

하지만 언젠가는 저 멀리로 나아가야 한다는 것을 알고 있었다. 나는 우리 집에 닥친 불행의 수수께끼를 풀어야 했다. 내 이름과 성을 되찾아야 했고, 가족의 슬픔을 달래야 했다. 한순간도 풀어 놓은 적 없는 생각이었다. 하루에도 몇 번씩 마음을 다잡으며 아직 하지 못한 일과 앞으로 해야 할 일을 수없이 곱씹고 상상했다. 그것이 내가 여기에 온 이유라고 해도 좋았다.

열일곱 살 생일을 하루 앞두고, 나는 할머니 앞에 꿇어앉았다.

"지금까지 키워 주셔서 감사합니다. 저, 이제는 내려가 봐야겠어요."

그러자 할머니는 내 손을 끌어다 꼭 쥐었다. 흙과 땀으로 거칠어진 손의 온기가 조용히 전해졌다. 아무 말 없이 손만 잡고 있는데도 눈물이 날 것 같았다. 참다가 참다가 오늘쯤은, 하고 마음을 풀자, 눈물은 곧바로 둑을 넘어 쏟아져 내렸다.

부모를 잃었어도 할머니와 연시가 있어서 계속 곱게 자랄 수 있었다. 비단까지는 아니어도 할머니는 늘 예쁜 옷을 지어 주었고, 연시는 무명옷을 입은 나를 계속 아씨라 불러 주었다. 아무것도 아닌 나를 두 사람이 품어 길러 냈다.

나는 글공부를 쉬지 않았고, 어설프게나마 수를 놓았고, 장작은 제법 잘 패게 되었다. 할머니는 움직이고 힘쓰는 것을 좋아하는 나를 보고 좋은 규수가 되긴 글렀다고 혀를 찼으나, 제가 좋은 규수를 얻어서 살면 되죠! 하면 웃으며 머리를 쓰다듬어 주었다.

할머니를 만난 건 행운이라는 말로는 부족했다. 연시와 나는 할머니에게 목숨을 빚졌다. 쌀과 돈은 어떻게든 갚을 수 있지만, 목숨을 갚을 방법은 없다.

한 번 터진 울음은 쉬이 잦아들지 않았다. 할머니는 그 시간 내내 내 뺨을, 머리를, 어깨를 쓸어 주었다. 어느새 연시도 내 곁으로 와 함께 울고 있었다. 연시는 늘 그랬다. 내가 울면 따라 울고, 내가 웃으면 따라 웃었다. 이 거울 같은 아이 덕에 나는 울지 않고 여기까지 올 수 있었다.

어느 정도 울음이 멎자, 할머니는 저녁상을 차리기 위해 밖으로 나갔다. 나는 연시에게 말했다.

"넌 여기 남아. 내가 일 끝나고 데리러 올게."

"그런 말 마세요. 전 아씨 따라 어디든 갈 거여요."

"난 한양으로 갈 거야. 가는 데 얼마나 위험할지 나도 몰라."

"그러니 같이 가야지요."

연시의 고집을 꺾을 수 없다는 건 내가 제일 잘 알았다.

할머니와 함께하는 마지막 저녁 식사가 시작되었다. 상에 보기 드물게 고기가 올라와 있었다. 뒤꼍에 있던 닭 잡은 거예요? 그걸 왜 잡았느냐고 잔소리를 하려는데, 말을 막듯이 내 입에 닭 다리 하나가 물렸다. 어여 먹어, 하며 나머지 다리를 연시 앞에 놓아 주는 할머니를 보고 웃어 버렸다. 오늘은 맘껏 웃고 행복해해야지. 언제 또 찾아올지 모르는 따뜻한 밤을 오래오래 기억해야지. 힘든 날에는 언제고 이 기억을 꺼내 마음을 달래야지.

떠나는 날에는 이슬비가 내렸다. 할머니는 흐린 하늘에 잔뜩 낀 구름을 보고도 저만치 고갯길만 넘어가면 날이 갤 거라고 말했다. 날씨에 관한 예상이 빗나간 적이 거의 없는 할머니였기에 빗속에서도 마음이 든든했다. 곧 그칠 것이니 걱정하지 않아도 된다. 아니, 그치지 않는다고 해도 상관없다. 그깟 비 좀 맞는다고 달라질 것은 없으므로.

몇 걸음 걷지도 않았는데 연시의 두 눈과 볼이 붉게 달아올랐다. 나는 금방이라도 터질 것 같은 연시의 볼을 손가락으로 푹 찔렀다. 아씨! 하는 외침과 함께 연시의 눈에 맺혀 있던 눈물이 쏙 들어갔다.

"울 일이야 앞으로 차고 넘칠 테니, 오늘은 그냥 웃자."

3

우리가 언니와 동생이 된 그날 밤

산에서 내려와 가장 먼저 향한 곳은 장터였다. 튼튼해 보이는 신을 골라 연시에게 신기고 다음으로는 사내 옷을 샀다. 찹쌀로 만든 떡도 사서 하나씩 입에 넣었다.

장거리 끝에는 신명 나게 장단을 치는 남사당패가 있었다. 연시와 나는 넋을 잃고 탈춤을 구경하다 엽전을 던져 줄 여유가 없다는 것을 깨닫고 얼른 사람들 사이를 빠져나왔다. 얼마 돌아다니지 않았는데도, 산길에 비해 편한 길인데도 지치는 기분이었다. 사람들의 소란스러움에 혼을 빼앗긴 것 같았다.

우리는 어두워지기 전에 서둘러 주막으로 발걸음을 옮겼다. 주모가 말아 주는 국밥을 한 그릇씩 먹고 빌린 뒷방에 들었다. 쓰고 남은 돈이 얼마쯤 되나 헤아리다가 금세 포기하고 드러누웠다. 돈은 아무리 세어도 늘어날 리 없고 계획 또한 아무리 세워도 지켜실 리 없으니.

"그런데 아씨, 사내 옷은 왜 사셨어요?"

"이건 내가 입을 거야. 그리고 이제 아씨라는 호칭 금지."

네? 하며 눈이 동그래진 연시를 앞에 두고 나는 아무렇지 않게 옷을 갈아입었다. 복색은 나쁘지 않았으나 어쩐지 어색한 감이 있었다. 아씨, 왜, 왜, 하고 말을 잇지 못하는 연시에게 얼른 사내가 될 방도나 찾아봐, 하자 멍한 표정이 되었다.

"어차피 백모월로는 못 살아. 그날 있었던 일을 알리면 더더욱 백모월이어서는 안 되고. 계집으로는 제약이 너무 많아. 당분간은 사내로 살 거야."

연시가 심각한 표정으로 고개를 끄덕이다 말했다.

"그럼 앞으로 도련님이라 부를까요?"

연시 입에서 나오는 도련님, 소리에 픕 웃어 버렸다.

"사실 아씨도 맘에 안 들었는데, 도련님은 더하네."

어째서 상하 관계가 분명한 호칭밖에 없는 거야. 나는 괜히 뾰루퉁해진 채 입을 닫았고, 연시는 잘못도 없이 안절부절못했다.

말 놓자는 건 연시가 절대 들어줄 것 같지 않고 도련님으로 살아가는 것도 영 자신이 없는데, 적당한 호칭이 떠오르지 않았다. 우리도 서양처럼 그냥 이름을 부르면 좋을 텐데. 헤이! 존, 톰, 이렇게.

하지만 여기는 조선. 대한민국보다도 이름 부르는 것에 더욱 인색한 곳. 양반들은 본 이름으로 불릴 때가 거의 없다. 어릴 때는 아명으로 불리고 커서는 호로 자신을 소개하니까. 이름을 가지되, 사용하지는 않는다.

한참을 고민하다 내 입에서 나온 호칭은 아무래도 가장 익숙한 것이었다.

"밖에서는 어쩔 수 없으니까 도련님, 받아들일게. 그런데 둘이 있을 때는 안 돼. 아씨도 안 돼. 절대 안 돼. 대신 언니라고 불러."

"언니?"

연시의 입술이 오물거리며 언니, 하고 내뱉었을 때, 나는 연시가 귀여워 꼭 끌어안았다. 진작 호칭 바꿔 줄걸. 왜 이제야 생각났지. 한동안 쓰지 않아서 잊혔던 말이 생명을 찾은 순간이었다.

"응, 나는 언니고, 너는 동생이야."

비록 한 배 속에서 태어난 동기간은 아니지만, 연시는 분명 내 가족이다. 내가 성을 줄 수도 없고 신분을 줄 수도 없으나 호칭 정도는 바꿀 수 있다. 더는 아씨와 몸종이 아니다. 우리가 언니와 동생이 된 그날 밤, 우리는 새로 태어난 것이나 다름없었다.

사내 옷을 입은 아침, 연시는 연신 고개를 갸웃댔다. 내 키는 보통 여자보다 큰 편이었으나 아무래도 얼굴에서 풍기는 분위기를 숨기는 것은 무리였다. 연시가 손을 들어 내 눈을 가리다 코를 가리다 입을 가려 보고는, 무언가 결심한 듯이 천을 끊어 이마와 눈섭이 가려지도록 묶어 주었다. 그러자 제법 사내 티가 났다.

"일단 이렇게 해 두고, 갓이든 복건이든 써서 이마를 제대로 가리시는 게 좋겠어요."

사내 옷만 입는다고 당장 사내가 되는 게 아닌데 왜 이렇게 안일했을까. 연시가 아니었다면 나가자마자 비웃음을 살 뻔했다. 연시는 어디서 난 건지 부채를 내밀었다.

"손도 쉽게 내밀지 마셔요. 마디가 가늘어서 이상하게 볼 것이어요."

탐정 놀이에 관심 있는 건 나뿐인 줄 알았는데, 연시가 나보다 훨씬 나았다.

그렇게 만반의 준비를 거치고 우리는 호기롭게 한양으로 출발했다. 제대로 된 지도도 내비게이션도 없어 어디에 닿게 될지 알 수 없었으나, 연시는 별걱정이 없어 보였다.

"걸음이 많이 난 곳으로 가면 돼요. 그 길을 따라가면 무조건 한양이 나올 거예요."

대체 저런 자신감은 어디서 나오는 걸까. 한집에서 나고 자랐는데 어째서 내가 모르는 것들을 연시는 알고 있는 건지 정말 모를 일이었다.

갈림길에서 내가 불안해할 때마다 연시는 내 손을 잡아끌었고, 나는 그대로 걷기만 하면 됐다. 진짜 세상 물정 모르는 도련님이 된 기분이었다.

한양으로 가는 내내, 나는 눕기만 하면 꿈을 꿨다. 꿈의 배경은 가족들을 잃은 날이기도 했고 산길에서 할머니를 만난 날이기도 했다. 그리고 아주 가끔 서울의 풍경이 섞였다. 학교로 올라가는 언덕길, 한쪽으로 기울어져 있던 버스 정류장, 집으로 가는 골목길 입구에서 깜박이던 가로등.

익숙하면서도 낯선 도시의 모습이 펼쳐질 때마다 나는 꿈속인데도 숨을 멈추고 눈을 감았다.

사라지지 마, 사라지지 마!

주문처럼 외친 뒤 눈을 뜨면, 늘 조선 땅 어딘가에 누워 있었다.

어두운 방에서 눈을 뜨고 멍하니 있으면 금방이라도 어둠이 나를 삼킬 것만 같았다. 나는 대체 누구이며, 여기는 어디일까. 물어도 물어도 해답이 나오지 않고 대답도 돌아오지 않는 시간. 나는 누군가가 나를 불러 주길 바랐다. 그러다가도 아무도 나를 부르지 않기를 바랐다. 그 누구도 나를 알지 못하는 시간과 공간에서 조용히 저물어 가는 나를 떠올리다 보면 잠이 오지 않았다.

오늘도 한껏 웅크리고 있는데 옆에서 기척이 느껴졌다. 어두컴컴한 방에 함께 있는 단 한 사람. 연시는 아무것도 묻지 않고 아무 말도 없이 나와 어깨를 나란히 하고 앉았다. 고개를 들지 않아도 알 수 있었다. 지금 나는 그저 연시의 언니일 뿐이지만, 그것으로 오늘 밤도 견딜 수 있었다.

4

무당보다는 탐정이 낫죠

한양 도성이 저 멀리에 보였다. 드디어 목적지이자 출발지인 한양에 닿았다. 십 년이 넘는 시간 동안 한양은 아니어도 분명 서울에 살았는데, 눈에 드는 모든 풍경이 낯설기만 했다. 하긴, 여기에서 익숙한 것을 찾겠다는 내가 우습지.

우리는 이번에도 제일 먼저 장터로 갔다. 사람이 많이 드나드는 곳에 가야 머물 곳도 있고 일자리도 있을 터였다. 연시는 두리번거리다 나를 포목상으로 이끌었다. 내 얼굴에 이 천, 저 천을 대어보는 연시에게 나직한 소리로 우리 옷감 살 돈은 없어, 하고 말했지만, 연시는 내 말에도 아랑곳없이 짙은 감색 천 하나를 골라 손을 조금 벌리며 딱 이만큼만 주셔요! 하고 외쳤다. 포목상은 그렇게 적게는 안 판다고 고개를 내둘렀으나, 연시는 그를 조르고 졸라 빼앗듯 천을 받고 돈을 냈다.

다음 날, 그 천은 달 모양 자수가 박힌 머리띠가 되어 있었다. 머리띠를 내 머리에 묶어 매듭까지 단단히 지어 놓고 연시가 만족스럽게 말했다.

"우리 도련님, 훤칠하셔요."

놀리냐, 하고 대꾸하자 눈을 곱게 접으며 웃어서 나도 웃고 말았다.

"훤칠해져 좋은데 이제 우리 진짜 거지야. 뭐든 해서 돈을 벌어야 해."

내 단호한 말투에 연시는 힘 있게 고개를 끄덕였다. 그래, 돈을 번다고 해도 나보다는 연시가 훨씬 쓸모가 있을 터다. 연시는 바느질도 잘하고 요리도 잘하고 다림질도 잘하지. 잘하는 게 없는 건 이번에도 나였다. 뭘 해야 돈을 벌 수 있지? 장사를 하려고 해도 밑천이 있어야 하고, 어디에 들어가려고 해도 기술이 있어야 할 텐데.

고민하는 와중에도 배는 고파서, 음식 냄새가 나는 곳으로 발이 움직이는 걸 멈출 수가 없었다. 이제 막 시루에서 나온 떡에서 뽀얀 김이 피어오르고 있었다. 침이 고였으나 주머니 속의 돈을 헤아리다 고개를 떨궜다. 산채에서 할머니가 해 주던 밥이 떠올랐다. 갓 무친 산나물이며 푹 익힌 무조림 등을 되새기다 또 한 번 고개를 떨궈야만 했다. 빈손에 쥘 것은 연시의 손밖에 없어서, 작은 그 손을 잡아끌며 사람이 많은 곳으로 향했다.

상터 끝에서 누군가가 벽을 등지고 목소리를 돋우어 책을 읽는 중이었다. 이야기꾼의 목소리는 소년 같았으나 책에 등장하는 인물에 따라 노대감이 되었다가 소녀가 되었다가 청년이 되기를 쉼 없이 반복했다.

"그래서 우리 배도가 어떻게 되었나. 아주 피골이 상접한 채로 '서방님, 원하시는 곳으로 가셔요. 저는 괜찮습니다' 이러는데, 주생은 이러지도 저러지도 못하는 거지. 그렇다고 주생이 선화를 안 만났느냐? 그것도 아니야. 선화를 보면 배도 생각, 배도를 보면 또 선화 생각. 그러고만 있는 거야."

사람들 사이에서 에잇, 썩을 놈! 하는 소리가 들려왔고, 다들 한바탕 웃었다.

이야기에 한창 물이 올라 사람들이 모두 집중하고 있는데, 어디선가 말을 탄 관리가 나타나 사람들을 흩뜨리며 길을 텄다. 성내듯 서둘러 주변을 정리하는 모습에 다들 투덜대면서도 길가로 몸을 피했다.

곧 관리가 터 준 길로 수레 하나가 지나갔다. 볏짚으로 덮여 있었으나, 끝에 흘러나온 옷자락으로 수레에 실린 것이 시신이라는 것은 짐작할 만했다.

"또 현청루에서 사람 죽어 나간 거 아니야?"

"또? 이게 몇 번째지?"

"내가 본 게 이미 세 번은 될걸."

"이번엔 또 누구래?"

"알 게 뭐야. 얼른 피해. 재수 옴 붙을라."

사람들은 삼삼오오 떠들다가 금세 흩어져 버렸다. 사람들이 떠난 자리에 홀로 남은 소년이 책과 북 그리고 깔아 놓은 돗자리를 정리하고 있었다. 사람들 사이에서 잘 보이지 않던 소년의 얼굴은 목소리보다도 앳되어 보였다. 소년은 바구니에 든 엽전을 세어 보다 입을 내밀며 투덜거렸다. 하필 현청루 일이 터질 게 뭐람.

"현청루가 뭐하는 곳입니까."

목소리도 살짝 깔고 말투도 딱딱하게 바꿔 보았지만 어색한 건 어쩔 수 없었다. 소년은 나를 조금도 경계하지 않고 별 관심 없다는 투로 받아쳤다.

"뭐야, 현청루도 몰라?"

분명 나보다 어린 것 같은데 말꼬리를 잘라먹는 태도에 잠시 화가 났으나, 소년이 방금 오늘 치 일거리를 날렸다는 것을 생각하며 참았다.

"모르니 묻지."

"한양, 아니지, 조선 땅에서 제일 큰 기루일걸."

"기루라. 그런데 어째서 사람이 죽어 나간다는 거지?"

"그걸 모르니 말이 많지. 그게 요즘 한양 도성에서 제일가는 이야깃거리라고. 지난주에 죽은 황 대감은 무려 좌의정을 지낸 분인데 정정하다 갑자기 그리되셨으니. 현청루 때문에 사람들이 소설 들으려고를 안 해. 현청루 이야기가 더 재미지니까."

소년은 눈을 반짝이며 얘기하다 또다시 입을 삐죽거렸다. 나와는 관계없는 곳이라는 것을 알았으나 호기심이 동하는 건 어쩔 수 없었다. 현청루가 어디에 있느냐고 묻자 소년이 골목 끝을 가리키며 말했다. 저 모퉁이만 돌아서면 바로 보여. 잠시 기웃거리다 소년에게 무언가 더 물으려 했지만, 소년은 이미 떠난 뒤였다.

연시에게 손짓해 함께 골목 끝을 돌자 과연 우뚝 선 건물 하나가 보였다. 조선에 높은 건물은 없었다고 수업 시간에 배웠는데 아무리 봐도 3층은 되는 것 같았다. 이상하다, 내가 배운 게 잘못됐나? 그러다 내 가방끈이 무척 짧고, 역사적 지식은 더욱 얄팍하다는 것을 깨닫고 생각을 멈췄다.

현청루의 문은 굳게 닫혀 있었다. 오가는 사람들은 그곳을 흘깃대며 몇 마디씩 주고받으면서 빠르게 지나쳤다. 말속에는 악귀니 노한 신령이니 하는 단어들이 섞여 있었다. 무슨 말이든 더 듣고 싶었지만, 근처에 머무는 사람들이 없었기에 현청루 밖부터 살펴보았다.

현청루는 목조 건물이었으나 조선식 건축물은 아니었다. 잘은 몰라도 중국이나 일본식 공법을 따온 것 같았다. 일반 한옥과 달라 더욱 이질적으로 보였다. 안에 사람이 있기나 한 건지, 조용하다 못해 을씨년스럽기까지 해서 우리도 일단 자리를 피했다.

주변을 돌아보다 가장 가까운 주막으로 들어갔다. 이제 정말 얼마 남지 않은 엽전을 털어 국밥을 시키고 주변 사람들의 말에 귀를 기울였다. 별 의미 없는 말들 속 현청루라는 단어가 스치자, 나는 더욱 집중하면서도 아무렇지 않은 듯 숟가락을 들었다.

"오늘도 현청루에서 사람이 죽었다지?"

"그뿐만이 아니야. 현청루에 들었던 사람들이 시름시름 앓는다던데."

"그래?"

"이 대감 댁 막내아들과 서 진사 댁 장남도 앓고 있다더군."

"이게 다 희요 그 계집 음기 때문이라니까."

"희요가 바깥출입 안 한 지 아마 일 년도 넘었지?"

"그렇지. 안에서 무얼 하는지 알 게 뭐야. 병에 걸려 두문불출하고 있다는데, 병이 아니라 잡귀라도 씐 거겠지."

한나절 내내 주막과 그 주변을 오가며 희요가 현청루 당주라는 것과 기가 막히게 수완이 좋아 돈을 뭉치로 벌어들였다는 것, 그 때문에 수많은 이의 입에 오르내리고 있다는 사실을 알아낼 수 있었다. 사람들은 귀신이나 신령 탓을 하며 현청루를 피했으나, 현대인인 나는 그럴 이유가 없었다.

나는 이게 돈이 되는 일임을 단박에 알아차렸다. 어쨌든 현청루에서 시작된 무언가 때문에 사람들이 죽고 있는 건 정말이니, 그 이유를 파헤쳐 돈으로 바꿔야겠다. 추리 소설과 드라마를 잔뜩 본 값을 이제야 하는 거지. 일은 아직 시작도 하지 않았는데 묘하게 신이 났다. 아마 시작도 안 해서 신이 난 게 맞겠지만.

"연시야, 우리 금방 돈 벌 수 있을 것 같아."

다시 주막에 자리를 잡은 내가 들떠서 얘기하자 연시가 침착하게 받아쳤다.

"맞아요. 금방 벌 수 있어요."

그리고 옷감을 꺼내어 바느질을 시작했다.

"이게 어디서 난 거야?"

"전에 갔던 침가에서 일 좀 받아 왔어요. 잘해 오면 더 주겠다고도 했어요."

분명 연시와 떨어져 있었던 적이 없는 것 같은데 어떻게 연시는 그사이에 일도 얻고 신임도 얻었지? 정말 모를 일이었다.

날이 어두워지자, 나는 대책 없이 현청루로 향했다. 뭐든 알아내야 하니 어떻게든 안으로 들어가야겠다는 생각뿐이었다. 현청루의 대문은 낮과 다름없이 닫혀 있었으나 일단 무작정 두드렸다. 안은 고요했지만 엷은 불빛이 새는 것으로 보아 누군가가 있는 건 분명했다. 끈기를 갖고 계속해서 문을 두드렸다. 이 정도면 시끄러워서라도 누가 나오겠지.

그리고 내 끈기는 응답을 받았다. 물론 대문은 여전히 닫혀 있었다. 대신 그 옆 쪽문으로 미간을 잔뜩 좁힌 사내가 몽둥이를 들고 나왔다.

"뭐야?"

"당주를 뵙고 싶소."

"당주님은 아무나 만나지 않아. 특히 너 같은 애송이는 더더욱."

사내는 내 모습을 보더니 몽둥이는 쓸 일도 없다는 듯 팔을 내리고 무시하듯 말했다. 꾀를 부려서라도 안에 들어가야 하는데.

그 순간, 생각보다 말이 먼저 나와 버렸다.

"그간 벌어진 사건의 범인을 알고 있다 고해 주시오."

그 말에 사내가 눈썹을 잔뜩 구기고 다시 몽둥이를 위로 올렸으나 뒤에서 멈춰라, 라는 말소리가 들려왔다. 고운 차림의 여인이었다. 탐스럽고 까만 머리를 위로 틀어 올리고 푸른 저고리에 먹색 치마를 입은 여인의 모습에 나는 잠시 멍해졌다. 아름다운 미술 작품을 감상할 때처럼.

"방금 뭐라 하였느냐."

"제가 사건의 범인을 안다 하였습니다."

거짓말인지 헛소리인지 모를 말이 막 쏟아져 나왔다. 일단 뻔뻔해야 살아남지. 필사적으로 자신만만한 미소를 지었다. 그러자 여인이 나를 응시했고, 나는 그 눈을 피하지 않았다. 드라마나 영화에서도 이러고 나면 분명 만나 주던데.

"따라오너라."

그 말에 예스! 하며 방정을 떨고 싶었으나 간신히 참았다. 여인은 손님을 접대하는 용도인 듯한 사랑으로 나를 들이고는 잠시 기다리라며 나갔다. 시간이 생겨 다행이었다. 앞으로 무슨 말을 할지, 당주를 만나면 어떤 태도를 취할지 이리저리 머리를 굴렸다. 물론 답은 나오지 않았지만.

얼마 뒤 문이 열리고, 검은 저고리에 진녹색 치마를 입은 여인이 들어섰다. 나는 희요다! 하고 외칠 뻔했다. 누가 말해 주지 않아도 그가 희요라는 것을 알 수 있었다. 이상하게도 그의 이름이 그보다 먼저 와 내 앞에 서는 듯했다.

희요는 조금 전 만난 여인처럼 아름답지는 않았으나 기품이 흘렀다. 그건 말로 표현할 수 없는 무게감이기도 했고, 단단함이기도 했다.

"재미있는 말을 했더구나?"

희요는 내가 누군지 묻지도 않고 말을 꺼냈다.

"그 말이 당연히 거짓일 것을 알면서도 왔다. 어디 한번 늘어놓아 보아라."

거짓에 멍석을 깔아 주면 어떤 말을 뱉을 수 있을까.

"다 아시니 속일 이유가 무엇이 있겠습니까. 지금은 모릅니다. 하지만 조사하게 해 주시면 반드시 밝혀낼 것이니 제게 기회를 주십시오."

"왜 그 일을 하겠다는 것이냐."

"돈을 벌기 위해서입니다. 사람이 죽어 나간다는 소문이 도니 아마도 기루는 현재 큰 손해를 보고 있을 것입니다. 사람이 연이어 죽는다는 것에는 분명 그 까닭이 있을 것이고요. 사람들 말처럼 악귀나 잡귀일 리는 없습니다. 그런 건 없으니까요."

"그런 건 없다?"

"네, 귀신은 아닙니다. 당주님께서도 아시지 않습니까?"

"어째서 그리 생각하지?"

"항간에 악귀니 잡귀니 하는 말들이 떠돌아도 당주님은 기루 문을 걸어 잠그실지언정 무당을 부르거나 굿판을 벌이지 않으셨 습니다. 보통의 사람들과는 다른 행보이지요. 게다가 이 건물 지어진 모습을 보니 당주님께서는 바깥 문물에 꽤 해박하실 터인데, 그렇다면 이건 무당이나 굿으로 풀 문제가 아니라 의서와 과학서로 풀어야 할 문제라는 것을 알고 계실 테죠."

"네게 그것을 해결할 능력이 있느냐."

"그것은 제가 이제부터 증명해 보일 것이니 기회를 주십시오. 무당보다는 탐정이 낫죠."

"탐정?"

"아, 사건을 탐구해 밝히는 사람 말입니다."

현대에서만 쓰는 단어를 입 밖에 내 버렸지만, 그래도 꽤 유연하게 대처했다.

"당장 필요한 것을 말해 보아라."

"일단 머물 방이 필요합니다. 작아도 상관없습니다. 현청루 안이면 더 좋겠습니다. 제게 동기 같은 몸종이 하나 있는데, 함께 묵을 만한 공간이면 됩니다. 그 외에는 차차 말씀드리겠습니다."

"내일 안으로 머물 방을 마련해 놓겠다. 그리고 앞으로 필요한 것이 있다면 단이에게 말하거라."

바깥에 있던 여인이 어느새 들어와 내게 인사를 건넸다. 나를 희요에게 안내한 그 여인이었다. 단이 가지고 있던 주머니를 내 밀었다. 나는 생각 없이 손을 뻗다 손도 가리는 게 좋겠다는 연시의 말이 떠올라 소매를 끌어내린 뒤 주머니를 받았다.

오랜 시간 있었던 것도 아니고 많은 이야기를 나누지도 않았는데, 밖에 나오자마자 긴장이 풀리며 긴 숨이 터져 나왔다.

5

진실은 이야기가 되고, 이야기는 돈이 돼

돌아오는 길에 주머니를 열어 보니 엽전 꾸러미와 작은 은 덩이 몇 개가 들어 있었다. 엽전을 헤아리다 문득 손을 멈췄다. 왜 희요는 나에게 이름도 나이도 묻지 않았을까. 왜 아무것도 묻지 않고 나를 받아 주었을까. 내 말에서, 혹은 나에게서 무엇을 읽어낸 것인지 짐작조차 되지 않았다. 내 거짓을 꿰뚫었을지, 알고도 나를 시험하는 거라면 무엇을 얻으려는 것인지.

이어지는 생각에 발을 멈추었다가 생각을 끊어 내고 다시 걸었다. 지금 내가 생각해야 할 것은 상대의 마음이 아니라 내일부터 해야 할 일들이다. 해내야만 하는 일이 쌓여 있다. 내 말을 거짓으로 만들지 않으려면, 없는 범인이라도 찾아서 대령해야 한다.

연시는 바느질을 하다 잠들었는지 옷감을 쥐고 꾸벅거리고 있었다. 옷감을 빼앗아 옆에 챙겨 두고 연시를 눕혔다. 그리고 그 옆에 누웠으나, 잠은 쉽게 찾아오지 않았다.

다시 일어나 종이에 지금까지 알아낸 것을 적기 시작했다. 죽음이 시작된 곳은 현청루. 그곳을 거쳐 간 자들이 연이어 죽거나 앓고 있다. 일단 앓는 이들의 증상을 알아내야 하고, 죽은 이들의 사망 원인을 밝혀야 한다. 귀신이나 요괴 놀음이 아닌 진짜 원인.

현재 앓고 있는 것으로 알려진 이는 둘. 이 대감 댁 막내아들과 서 진사 댁 큰아들. 이 두 사람을 찾아가 상태를 살피는 것으로 일을 시작하자.

다음 날, 일어나자마자 무작정 밖으로 나가 이 대감 댁을 찾았다. 당연히 쉽지 않을 것이라 예상했는데, 의외로 묻는 사람마다 이 대감 댁을 잘 알고 있었다. 게다가 다들 왜 찾아가느냐 묻지도 않고 자연스럽게 길을 알려 주었다. 분명 좋은 일이긴 한데, 어째서지? 또 다른 호기심이 일었다.

그래도 덕분에 하루 내내 뒤져도 못 찾을 줄로만 알았던 이 대감 댁을 반나절 만에 찾아, 드디어 대문 앞에서 걸음을 멈췄다. 하지만 찾아온 것까지는 좋았는데, 무슨 핑계로 안에 들지 생각지 못했다. 대체 나는 생각이 왜 이리 짧은 거야.

머리를 굴리느라 대문 앞을 서성이다 괜한 오해라도 살까 싶어 일단 골목 쪽으로 몸을 돌렸다. 다리도 아프고 기운도 빠져서 바닥에 털썩 주저앉는데 악! 하는 비명이 울렸다. 이게 뭐 하는 짓이야! 하고 화를 내는 소년이 낯익었다.

아, 그때 봤던 그 전기수!

나도 모르게 소년의 짐을 쳐서 쓰러뜨린 것 같았다. 멋쩍게 사과를 건네고 흩어진 책가지를 주워 소년의 짐 보따리 속에 넣었다. 그리고 대충 짐이 정리되었을 때 조심스레 물었다.

"그런데 너 여기 왜 왔어?"

"왜 왔긴. 이 댁에 볼일이 있으니까 왔지."

찾았다, 내 동아줄.

"나도 데리고 들어가 주면 안 돼?"

"그게 무슨 소리야?"

소년의 말투는 퉁명스러웠고 표정도 밝지 않았지만, 나는 어쩐지 소년이 친근하게 느껴졌다. 왠지 이 소년이라면 내 무리한 부탁을 들어줄 것 같다는 확신이 들었다. 근거 없는 자신감이 치솟아 무작정 소년의 소매를 잡아끌었다. 소년은 여전히 표정이 구겨져 있었으나, 내 손을 뿌리치지는 않았다. 소년이 약간 누그러진 목소리로 왜 그러는데, 하고 물었다.

"너만 알고 있어야 돼. 나, 사실 현청루 사건 조사하고 있어. 이 댁 도련님이 아프다기에 증세 확인하러 왔지."

소년의 눈이 반짝 빛났다.

"그걸 네가 왜 하는데?"

"당주한테 의뢰받았어."

물론 정확히 말하자면 의뢰를 받은 게 아니라 내가 한 거지만,

그게 뭐가 중요하겠어.

"당주? 희요를 만났단 말이야?"

내가 고개를 끄덕이자 소년의 눈이 두 배로 커졌다. 그리고 말도 안 돼, 하고 중얼거리며 내 얼굴을 찬찬히 살폈다. 그 시선이 어색했지만, 당당한 표정을 애써 유지하며 소년의 다음 말을 기다렸다. 어떤 협상이든 먼저 말이 많은 것은 좋지 않으니까.

"내가 도와주면 뭐 해 줄 건데?"

나는 빠르게 내 주머니에 있는 돈과 희요에게 받을 돈을 셈한 후 여유로운 척 말을 이었다.

"착수금을 떼어 줄게. 일……, 아니, 이 할."

20퍼센트면 나에게는 어마어마한 숫자다. 그런데 바로 대답할 줄 알았던 소년은 의외로 말없이 생각하는 얼굴이 되었다. 소년이 의미 없어 보이는 발장난을 하는 동안 나는 서두르지 말자, 하며 자신을 달랬다. 초조한 기색을 내비쳐서는 안 되는데 입술이 자꾸 말랐다.

"좋아. 대신 돈은 필요 없고, 네가 알아낸 모든 정보를 나한테도 알려 줘."

"그게 무슨 말이야?"

이번에는 내가 당황해 되물었다.

"세상의 모든 비밀은 돈이 돼. 특히 현청루처럼 사람들의 눈과 귀가 닿아 있는 곳이라면 더더욱 그렇지. 난 이야기꾼이니, 돈 말고 이야기를 원해."

알 듯 모를 듯한 말이었다. 나는 우선 손을 내밀었다.

"좋아, 계약 성립이야."

소년이 내 손을 잡고 흔들며 말했다.

"나는 지양이야. 넌?"

아, 통성명에 대한 준비를 못 했군. 모두가 희요처럼 이름도 나이도 묻지 않고 일을 주지는 않을 터인데. 나는 머릿속에서 예전에 지어 두었던 이름 중 하나를 꺼내어 내밀었다.

"나는 서경이야. 잘 부탁해."

악수를 마친 우리는 곧바로 머리를 맞댔다. 일단 해야 할 일을 차례대로 정리하는 게 먼저였다.

"그런데 이 대감 댁에는 무슨 볼일이 있는 거야?"

"이 댁 아씨들이 이야기책이라면 끔뻑 죽거든. 원래는 세책방에 다니셨는데, 대감께서 바깥출입을 자제시킨 뒤로는 내가 책을 가져다 드리고 있어."

"집 구조는 어떤데? 여인들은 안채에 머물 테니 막내아들 방과는 떨어져 있을 거 아니야."

지양이 눈에 보이는 나뭇가지를 하나 주워 들고 흙바닥에 그림을 그려 나가며 설명을 시작했다.

"대문에 들어서서 바로 왼편에 있는 건 이 집 종들이 머무는 곳이고, 그 안쪽으로 별채가 있어. 그쪽에 도련님 방이 있을 거야.

우리는 대문으로 들어가면 안 되고 부엌 뒤 쪽문으로만 들어갈 수 있어. 부엌 옆에 사랑이 바로 붙어 있어서 안 들키게 안채까지 가야 해. 아마 안채 끝에서 별채로 난 길이 따로 있을 거야."

만난 지 얼마 되지 않았는데도 지양과 나는 손발이 착착 맞았다. 나는 지양의 말을 누구보다 빨리 알아들었고, 지양은 말하지 않아도 자신이 해야 할 일을 알고 있는 것 같았다.

지양은 내게 보따리 하나를 던져 주며 누가 물으면 채소 배달 왔다고 둘러대라고 말했다. 산골에만 있어 몰랐는데 한양은 벌써 배달 문화가 생겼구나. 역시 배달의 민족, 하며 나도 모르게 피식 웃자 지양이 따라 웃었다.

지양이 앞장서고 내가 뒤따랐다. 부엌 근처 쪽문으로 들어 밥을 짓고 있던 행랑어멈과 가볍게 눈인사를 나눈 뒤, 서둘러 안채 뒤로 몸을 숨겼다. 별것 아닌데도 첩보 작전이라도 펼치는 것 같은 기분이 들어 살짝 들떴다. 지양이 작게 소곤거렸다. 나는 이쪽으로 들 거야. 너는 저 끝까지 가서 별채를 찾아. 나는 짧게 고개를 끄덕이고 빠르게 걸었다.

안채 끝까지 직진하자 꺾어지는 길이 나왔고, 그 사이로 별채인 듯한 공간이 보였다. 나는 숨을 고르고 걸음을 늦췄다. 희미하게 기침 소리가 들려왔다. 두 번째, 아니, 세 번째 문 너머에 막내아들로 추정되는 자가 있다.

하지만 방에 들어갈 방도가 없어 상태를 자세히 확인할 수가 없었다. 어쩔 줄 몰라 서성이고만 있는데, 누군가가 오는 소리가 들렸다. 피할 시간도 공간도 없다.

될 대로 돼라. 여기서 걸리면 죽는 거지, 뭐.

대책 없이 옆방 문을 열었다. 모험은 성공했다. 방에는 아무도 없었다. 나는 조용히 문을 닫고 옆방 소리에 귀를 기울였다.

"도련님, 어쩨 좀 괜찮으셔요? 약 가져왔는데."

막내아들은 대답 없이 계속 기침만 해 댔다. 중간중간 훌쩍이는 소리와 코 푸는 소리도 이어졌다. 증상만 보면 감기나 독감에 가까운데. 약을 억지로 넘기고 옅게 신음하는 소리가 들렸다. 하인은 추워하는 막내아들을 위해 방에 불을 더 때겠다며 서둘러 나갔다.

하인이 나간 뒤, 나는 방 밖으로 나가 장지문 가장 아래쪽에 작은 구멍을 뚫었다. 죄송합니다. 하지만 보긴 봐야겠어요. 허공에 조아리며 죄송함을 표하고 구멍에 눈을 가까이 가져다 댔다. 두꺼운 이불에 둘러싸여 있어 자세히 보이지는 않았지만, 그가 고열에 시달리고 있다는 건 알 수 있었다. 가래를 뱉고 싶은지 몇 번 캑캑대던 그는 끙 소리를 내며 돌아누웠다.

나도 모르게 입과 코를 손으로 막았다. 저건 아무리 봐도 독감 증상이야. 다른 이들도 봐야 확실해지겠지만, 사람을 죽이고 있는 건 아마 전염병이겠지. 중요한 건 그 발원지가 어디인지 알아내는 것이다. 왜 현청루를 거쳐 간 이들이 전염병을 앓고 있는지 그

원인을 밝혀야 나도 살고, 병든 이들도 살릴 수 있다.

생각이 깊어져 움직임이 둔해졌다. 멍하니 걷다 맞은편에서 오는 자와 눈이 마주쳤다. 피할 곳도 없었고 허둥지둥하면 의심을 살 것이 분명했기에, 보따리를 꽉 끌어안으며 그대로 걸었다.

"뭐야? 채소상? 왜 여기 있어? 부엌은 저쪽이야."

"죄송합니다. 일이 익숙지 않아서 실례했습니다."

다행히 의심은 쉽게 풀렸고, 나는 잰걸음으로 부엌을 지나쳐 쪽문으로 나왔다. 쪽문 밖에는 지양이 서 있었다. 지양의 얼굴을 본 것만으로 긴장이 풀리고 안심이 됐다. 지양이 잘했느냐는 눈빛을 보냈고, 나는 숨을 몰아쉬며 고개를 끄덕여 보였다.

"예상대로 독감 증상이었어."

"독감?"

아, 아직 독감이라는 단어를 사용하지 않는구나. 독감이 아니면…… 인플루엔자? 바이러스? 머릿속을 빠르게 검색했으나 적절한 단어가 쉽게 떠오르지 않았다.

"심한 고뿔 같은 건데 전염성이 있을 거야, 아마."

"다음에는 뭘 해야 해?"

"서 진사 댁 장남도 같은 증상을 보이는지 확인해야 해."

"그거라면 맡겨 둬."

지양은 유난히 자신만만한 얼굴이었다. 내가 고개를 갸웃하자 지양이 말을 이었다.

"그 댁 머슴 중 하나와 친우 사이야. 그러니 상태를 알아내는 건 어렵지 않아."

지양을 만난 건 정말 천운이었다.

돌아오는 동안 많은 이야기를 나누지는 않았지만, 지양과 부쩍 가까워진 기분이 들었다. 아니, 지양과는 처음부터 먼 사이로 느껴지지 않았다. 연시 말고도 마음을 나눌 수 있는 친우를 사귀었다는 기쁨에 나는 계속 들떠 있었다. 우리는 각자 할 일을 마친 후 내일 오후에 만나기로 약속하고 헤어졌다.

연시는 내가 없는 동안 계속 바느질 중이었는지 방에 옷감을 잔뜩 쌓아 두고 있었다.

"연시야, 우리 이사 가자."

그러자 연시는 네? 하고 눈을 동그랗게 뜨면서도 척척 짐을 챙겼다. 짐이랄 것도 없이 단출했으나, 그래도 며칠 머물렀던 곳을 정리하고 나니 괜히 허전한 것 같기도 했다.

주막에 마지막 셈을 치르고 밖으로 나왔다. 연시는 어디로 가는지 묻지도 않고 나를 따랐다. 내가 자연스레 연시의 손을 쥐자, 연시가 슬쩍 손을 빼고 나를 밀었다.

"도련님이 도련님이신 것, 잊지 않으셨죠?"

역시, 연시가 없으면 나는 남장이고 사건 해결이고 아무것도 못 하는 게 맞다.

6

숨어 있는 범인

현청루 앞에 닿자 하인이 기다렸다는 듯 문을 열고 우리를 방으로 안내했다. 본채와 조금 떨어진 곳에 있는 별채였다.

연시가 짐을 풀고 방을 정리하는 동안, 나는 밖으로 나가 주위를 살폈다. 현청루에 거처를 마련해 달라고 한 것은 단지 묵을 곳이 필요해서만은 아니었다. 비밀은 분명 이곳에 잠들어 있다. 전염병이 현청루에서 시작된 이유가 반드시 있을 것이다. 나는 엉켜 있는 실타래의 시작점을 찾듯 사건을 거슬러 올랐다. 처음 사망한 자가 최초 전파자가 아니라면, 그는 아직 살아 있을 가능성이 컸다.

뒷마당 쪽으로 걸어가는데 반대편에서 발걸음 소리가 들렸다. 나는 본능적으로 몸을 숨겼다. 소리가 하인들이 신는 신의 소리와 달랐다. 기둥 뒤에 붙어 숨을 죽이고 있으니 잠시 뒤, 도포 자락을 휘날리며 한 남자가 걸어왔다. 빠르지는 않았으나 분명하고 간결한 걸음이었다. 그리고 빛이 거의 없는 곳인데도 등 하나 들지 않고 곧게 걸었다. 아마 이곳에 익숙한 사람일 것이다.

그가 내 앞을 스쳐 지날 때 어렴풋이 침향 냄새가 났다. 은은하면서도 코를 찌르는 듯한 향. 어린 시절 아버지가 궐에서 받아와 딱 한 번 맡은 적 있는 냄새지만, 강렬해서 잊지 못했다. 아무리 한양이라도 침향은 쉽게 접할 수 있는 향이 아닌데.

의심의 색이 짙어질수록 가슴이 쿵쾅거렸다. 현청루는 문지기 두 명과 연회 때만 들르는 악공을 제외하고는 남성을 들이지 않는다고 했다. 지금은 영업 중이 아니니 손님일 리도 없다. 게다가 몸에서는 침향이 나고, 자세히 보지는 못했으나 신은 궁중에서 신는 목화인 듯했다. 조심히 따라만 가고 있는데도 숨이 차고 마음이 급했다.

어둠 속에서 그의 뒷모습을 놓칠세라 서두르는데, 픽, 하는 소리와 함께 그의 걸음이 멎었다. 무언가가 나동그라지는 소리는 그다음이었다.

"누구냐."

낮은 목소리가 울렸다. 괜히 내가 움츠러들었다.

"송구합니다, 나리."

왜 하필 연시가. 연시는 엎드린 채 용서를 구하고 있었다. 아니, 어두운 곳에서 부딪친 것은 양쪽의 부주의에서 비롯된 일인데 어째서 연시만 빌어야 하는 거지? 순간 발끈했지만, 나서기에는 상황이 좋지 않았다.

옷자락을 툭툭 턴 그는 아무 말 없이 연시를 내려다봤다. 연시는 고개를 들지 못했고, 나는 그런 연시에게 달려가지 못했다. 서로 지척에 있는데도 세 사람 사이의 거리는 너무나 멀었고, 사위는 적막했다.

"고개를 들어라."

분명 들라는 말인데 알 수 없는 위압감에 저절로 고개가 수그러들었다. 연시도 마찬가지일 터다. 조심스레 고개를 드는 연시의 어깨가 떨리고 있었다.

그때, 저편에서 누군가가 잰걸음으로 다가왔다. 단이었다. 단의 등장으로 얼어붙었던 공기가 조금 느슨해졌다.

"허천군 나리, 어인 일이십니까."

"내가 못 올 데라도 왔나."

"무슨 말씀이셔요. 나리께서 못 갈 곳이 조선 땅에 어디 있겠습니까. 어서 드시지요. 당주께 모실까요?"

"됐다. 오늘은 네가 들거라."

"예, 나리. 그런데 못 뵌 새 인물이 더 훤해지셨네요."

"못 하는 말이 없다."

"버릇없는 건 미인의 덕목이라고 늘 말씀하셨지 않습니까."

단은 자연스럽게 그를 별당으로 이끌었다. 그는 방금 일어났던 일을 잊었는지 한층 누그러진 목소리로 단과 대화를 주고받았다. 잠깐 사이에 아예 다른 사람이 된 것 같았다. 허천군, 잊지 않아야 할 이름이었다.

다음 날, 허천군의 이름을 듣자 지양은 묘한 미소를 지었다.

"허천군이 누군지 알고 싶어? 어디 썰 좀 풀어 볼까?"

"잘 알아?"

"왕가의 이야기는 제일 잘 팔리는 소재야. 자극적일수록 큰돈이 되니까."

지양이 허리춤에 넣어 두었던 부채를 쫙 펼치면서 이야기를 시작했다.

"허천군은 선왕의 다섯 번째 자식이야. 아들로는 현왕인 인성 대군, 둘째 영성군 다음인 막내지. 그런데 둘째 영성군과 셋째 화연 공주, 넷째 정화 옹주는 모두 열 살이 되기 전에 죽었어. 그래서 남은 형제라고는 인성 대군과 허천군 둘뿐이지.

인성 대군이 일찍이 세자로 책봉되어서, 궁녀 출신인 허천군의 어머니는 눈에 띄지 않는 게 자식을 지킬 유일한 방법이라고 생각했어. 선왕도 문제였지만 특히 중전의 시야에 들어서는 안 됐거든. 갑작스레 선왕이 승하하고, 세자가 왕이 되고, 대비가 된 왕후가 수렴청정을 시작한 뒤로는 더더욱 몸을 낮췄지.

그런데 허천군은 구설수가 끊이지 않았어. 그도 그럴 것이 외

모도 수려하지, 또 말솜씨는 얼마나 유려한지. 그를 연모하지 않
는 궁녀가 없다는 소문까지 돌았어.

그러던 중 사건이 벌어졌어. 좌의정을 비롯한 대신들이 수렴청
정을 거둬 줄 것을 요구하는 상소를 올렸거든. 뭐, 그 정도야 누구
나 예상 가능한 일이었고, 대비도 받아들였지.

하지만 발을 걷고 돌아갔어도 대비전에는 대신들의 발걸음이
끊이지 않았어. 결국 중요한 일은 대비의 손을 거친다는 것을 모
두가 알았으니까. 왕은 어떤 의욕도 흥미도 없었어. 그저 하루하
루가 지나가길 기다리는 사람처럼 보였지. 무엇이는 자기 마음대
로 휘젓던 대비도 아들의 무기력만은 고치지 못했어.

게다가 중전이 오랜 시간 왕자 생산을 못 하면서 허천군이 세
제로 책봉될 것이라는 소문이 돌았어. 물론 단지 소문이었어. 누
구도 대비전에 그런 불경한 말을 올릴 수 없었으니.

하지만 무엇보다 무서운 게 사람들의 말이고 소문이지. 떠도는
말은 날이 갈수록 무거워지며 힘을 더해 갔어. 대비는 견디지 못
하고 허천군을 궁 밖으로 내쫓았지. 혼례를 올리고 출궁하는 것
이 순서였으나, 의례와 절차를 어기면서까지 무리하게 내몰았어.
허천군은 어떤 저항도 없이 출궁했어. 대비가 원하는 대로 다 해
준다는 듯이. 나가서도 조용히 지냈지.

허천군의 변화가 시작된 건 조금 이상한 시점이었어. 대비가
돌아가신 뒤였으니까. 허천군은 기루에 드나들기 시작했어. 매일

여자를 끼고 술을 마신다는 소문이 퍼졌지. 지금껏 그를 묶어 둔 끈이 끊어지기라도 한 것처럼 밖으로 나돌았어.

형식적인 혼례를 치르고 나서도 허천군은 여전했어. 기루에 드나들기만 한 게 아니라 기루를 내기까지 했으니까. 현청루는 희요를 앞세워 허천군이 운영한다는 소문이 있어. 물론 뜬소문이긴 하다만, 믿는 사람도 꽤 많아. 현청루에 있는 별당은 오직 허천군만을 위한 공간이야. 그곳에서 젊은 선비들과 기생들이 하루가 멀다 하고 술판을 벌이지. 허천군과 어울리는 선비들은 대부분 과거에는 관심이 없고 그저 주색잡기에만 빠져 있는 자들이야.

백성들은 고작 두 명뿐인 왕실의 혈통이 썩을 대로 썩었다고 생각해. 현왕을 내린다고 해도 올릴 만한 인물이 없으니 영 답이 없는 거지."

지양의 말속에는 나중에 본 허천군의 모습은 충분히 있었지만 처음에 본 허천군의 모습은 들어 있지 않았다. 물론 신분이 높은 자이니 자연스레 고압적인 태도나 말투를 가질 수는 있으나, 그것과는 다른 느낌이었다. 좀 더 차갑고 냉정하고 날카로운 무엇.

어쨌든 허천군 또한 용의선상에 올라야 했다. 누구보다 현청루에 익숙하고, 현청루의 잠긴 문을 모두 열 수 있는 사람은 희요 외에는 허천군 하나일 터였다.

"서 진사 댁 장남은 어땠어?"

"상태를 볼 것도 없었어. 이 대감 댁 막내아들과 별다르지 않아.

그런데 중요한 건 그게 아니야. 그 댁 하인들과 안주인까지 모두 비슷한 상태야."

역병의 조짐이다. 한집에 살면 아무래도 전염되기가 쉬우니. 일이 걷잡을 수 없이 번져 가는 건 순간이다. 내가 해야 할 일이 역병을 막는 것이 아니라 범인을 찾는 것임을 알면서도 자꾸 그쪽에 쏠리는 신경을 어찌하지 못했다.

"친우한테 손발을 깨끗이 씻으라고 해. 특히 환자와 접촉할 때는 입과 코를 가려야 한다고 전해 줘. 너도 꼭 그렇게 하고."

나는 짧은 당부를 하고 지양과 헤어졌다. 허천군만이 사용할 수 있다는 별당, 그곳을 찾아야 한다.

어두워지기를 기다려 등 없이 밖으로 나갔다. 따라나서겠다는 연시를 억지로 방에 붙여 놓고 오느라 힘겨웠다. 연시는 가끔 이상한 고집을 부리곤 했다. 저럴 때는 누구 말도 안 듣는데. 나는 혹시 연시가 따라오지 않는지 몇 번이나 뒤를 확인했다. 내가 미행을 하는 건지, 당하는 건지 도통 모르겠네.

어제 허천군이 걸어왔던 길 쪽으로 끝까지 걷자 풀숲 너머로 작은 문이 보였다. 아, 이 문으로 드나드는 거였군. 대문이 막혀 있어도 허천군은 언제든 현청루에 출입할 수 있다고 했어. 여기에 문이 있다는 건 별당까지의 동선 또한 그리 나쁘지 않다는 뜻이겠지. 희요와도 자주 접촉할 테니 안채와도 많이 떨어져 있지는 않을 거야.

나는 그 주위를 돌면서 현청루의 뒷마당이 이렇게 넓었나 싶어 입이 벌어졌다. 궁이라고 해도 믿겠어. 아마 일반 고객들은 여기에 이처럼 넓은 마당과 별채들이 있을 거라고는 생각지도 못할 것이다. 사람들이 드나드는 본채는 막혀 있는 구조라 뒤로는 갈 수 없다. 현청루가 허천군 소유라는 소문이 도는 것도 이해가 가는군. 적어도 허천군의 손님은 별당에서 본다고 했으니, 그들 사이에서 난 말이 소문이 되었을 가능성은 충분했다.

정자 몇 개와 작은 개울을 지나자 유독 고즈넉해 보이는 별당이 눈에 띄었다. 화려하지는 않으나 사용된 목재가 곱고 단단했다. 다행히 잠겨 있지 않아 조심히 문을 열고 안으로 들어갔다.

사람이 없는데도 은은한 불빛이 곳곳에 놓여 있었다. 기름등인 듯했다. 가장 넓은 방은 연회에 사용되는 방일 것이다. 그 옆으로 난 작은 방에는 정갈한 침구가 놓여 있었다. 허천군이 가끔 머물기도 하나?

모퉁이를 돌자 작은 복도가 이어지다 옆 건물로 이어지는 통로가 나왔다. 그 너머의 공간은 방금과는 다르게 어둡고 공기가 차가웠다. 가장 먼저 보이는 문을 열자 줄줄이 놓인 악기가 보였다. 거문고, 가야금, 해금, 대금 등이 가지런히 정리되어 있었다.

다시 문을 닫으려는데 소리가 들렸다. 누군가가 나무 바닥을 밟고 걸어오는 소리. 이음새가 벌어진 바닥에서 끼익하는 소리가 간간이 퍼졌다.

나는 재빨리 방으로 들어가 문을 닫았다. 소리는 점점 가까워 지다가 어느 순간 뚝 그쳤다. 그러자 더 큰 공포가 밀려들었다. 저 걸음의 주인은 누구일까. 침입자가 있다는 것을 알아챘을까. 어디 쯤에 멈춰 있을까. 생각을 거듭해 봐도 답이 나오지 않는 물음들 만 이어졌다.

그 물음마저 끊겨 버렸을 때, 옅은 기침 소리가 들렸다. 가래 끓 는 소리와 밭은기침 소리가 짧게 울리다 이내 적막해졌다. 그의 걸음이 다시 이어졌다. 분명 이쪽으로 다가오고 있었다. 도망갈 곳은 없었다. 나는 계속 거리를 가늠해 보다 차라리 눈을 감았다. 그렇게라도 이 순간에서 벗어나고 싶었다.

그의 걸음이 멈춘 곳은 내가 있는 방의 문 앞이었다. 문고리라 도 꼭 잡고 싶었으나, 떨리는 손으로는 그것조차 할 수 없었다.

"안에 뉘신지요."

문은 열리지 않았다. 대신 그는 내게 물었다. 누구냐고. 내가 있 다는 것을 속일 방법은 없었다. 목소리가 차분해서였을까, 날뛰던 내 마음도 침착하게 가라앉았다.

"현청루에 잠시 머물게 된 사람입니다."

아니, 생각해 보니 이렇게 벌벌 떨 이유가 없잖아. 나는 주인의 허락을 받고 현청루에 들었는데!

"그냥 발길 가는 대로 돌다가 우연히 들었는데……."

"현청루에 머무셔도 이곳에는 아무나 들 수 없습니다. 그리고 우연히 들을 수 있는 곳도 아닙니다."

차분한 목소리가 단호하게 내 변명을 끊었다. 거짓말이 통하지 않는다는 생각에 말문이 막혔다. 희요의 허락하에 현청루에 머물고 있는 것은 맞지만, 그게 허천군의 처소를 멋대로 돌아다녀도 된다는 뜻은 아닐 테니.

"그곳에는 귀한 악기가 많습니다. 그러니 밖으로 나오시지요."

별다른 방도가 없을 때는 정면 승부다. 나는 크게 숨을 들이마시고 밖으로 나갔다. 서 있는 것은 반백의 노인이었다. 아니, 머리카락은 하얗게 셌지만 얼굴에는 주름이 없었다. 나이를 가늠하기 어려운 자였다.

조심히 그와 눈을 맞췄다. 그러나 그는 나를 보지 않았다. 정확히는, 볼 수 없었다. 그의 눈동자가 탁하게 가라앉아 있는 것이 그제야 보였다.

보지 못하는 자와 잠시 마주 보고 대치했다. 그는 온화한 표정이었으나 입매가 고집스레 닫혀 있었다. 그가 묻기 전에 내가 먼저 물어야 했다.

"이곳에 머물고 계신지요?"

"어린 여성이시군요. 새로 온 기생은 아닐 테지요."

눈으로 보지 않고 목소리만 듣는다면, 그리고 그것으로 나이와 성별을 파악하는 데 능한 자라면 나를 남성이라 속일 재간이 없다. 그러나 내게 묻는 것이 아니라 혼잣말이 섞인 평가였으니, 나는 다른 말을 내뱉었다.

"현청루에는 남성이 머물 수 없다 들었습니다. 어떤 연유로 이 곳에 계신가요."

"저는 당주의 허락으로 머물고 있습니다. 제 존재를 모르신다면 기생일 리는 없겠군요."

정보를 얻으려 질문을 했는데 오히려 빼앗기기만 하고 있었다. 변명은 궁했고, 어떻게 물어야 할지 갈피를 잡을 수 없었다. 내가 잠시 우물쭈물하는 동안 그가 또다시 마른기침을 했다. 그게 신호라도 되는 듯 머릿속에 불이 켜졌다.

"고뿔을 앓으셨군요."

"네, 호되게 앓고 일어났습니다."

드디어 대답을 들었다. 그리고 중요한 단서를 손에 넣었다. 앓다 나은 자, 그가 현청루 안에 있었다.

"언제쯤 앓으셨는지 알 수 있을까요?"

"글쎄요."

다시 그의 입이 닫혔다. 너무 직설적이었어. 후회해도 소용없었다. 말이 앞서서 필요한 정보는 얻지 못했지만, 느낌이 왔다. 이건 내가 찾던 조각이 분명했다.

"금지된 곳에 들어 송구합니다. 조만간 당주와 함께 뵐 날이 있을 것입니다. 이만 실례하겠습니다."

그가 더 추궁하지 못하도록 빠르게 별당을 벗어났다. 그는 순순히 나를 보내 주었다.

빠르던 걸음이 차차 잦아들면서 급하게 치닫던 생각도 천천히 조절할 수 있었다. 그는 아마도 기루에서 악기를 연주하는 악공, 그중에서도 눈이 먼 악공인 관현맹일 터다. 본채가 아니라 별당에 머무는 것으로 보아 희요뿐만 아니라 허천군과도 연관이 있겠지. 기생이면 자신을 모를 리 없다고 했으니 현청루의 연주를 도맡아 하는 자일 확률이 높다. 그렇다면 자연히 손님들과도 접촉이 있을 수밖에. 이제야 바른길로 접어든 것 같았다.

걸음을 재우쳐 처소로 돌아왔다. 하지만 나는 들어가지 못하고 문 앞에서 굳어 버렸다. 연시의 신만 놓여 있어야 할 그곳에, 출처를 알 수 없는 신 한 쌍이 더 놓여 있었다. 크기로 보아 남자. 그리고 신분이 높은 자. 자연스럽게 허천군이 떠올랐지만 머리를 흔들었다. 아니라기보다는 아니기를 바랐다. 내가 허천군의 별당을 헤집고 다니는 동안 그도 내 처소를 훑었던 것일까. 도대체 왜. 문틈으로 귀를 대 보아도 들리는 소리는 없었다.

망설이는 시간은 길지 않았다. 기웃대는 그림자로 내 존재를 알아챈 그가 문 너머로 명령했다.

"들어라."

오늘 왜 자꾸 피할 수 없는 일만 닥치냐고. 머리를 굴릴 새도 없이 고압적인 목소리가 하라는 대로 방에 들었다. 그는 아랫목에 꼿꼿이 허리를 편 채 앉아 있었고 연시는 구석에서 조아리고 있

었다. 연시의 잔뜩 움츠러든 어깨가 안쓰러웠지만, 이미 내 어깨
또한 비슷하게 굽어지는 중이었다.

"누구냐."

말을 길게 할 줄 모르는군.

"백……서경입니다."

아니, 왜 내 진짜 성이 입 밖으로 나와 버린 거야. 거짓을 고하
기 힘든 위압감 때문인가.

"당주와 계약을 맺고 일을 해결하기 위해 잠시 이곳에 머물고
있습니다."

"계약?"

그가 의아한 듯이 되물어, 나는 대답 대신 고개를 들었다. 그리
고 처음으로 그의 얼굴을 보았다.

허천군이 이렇게 생겼구나. 희고 윤기 나는 피부가 가장 먼저
들어왔고 다음으로는 숱이 많은 눈썹, 그 아래에 있는 유난히 크
고 까만 눈동자가 눈에 띄었다.

눈이 마주쳤지만 피하지 않았다. 피하기 싫었다고 해야 하나.
그는 잠시 놀라다 이내 평정을 찾고 표정을 누그러뜨렸다. 살풋
미소를 짓기까지 했다.

"네가 그 탐정이냐?"

정정해야겠다. 미소가 아니라 조소였다. 비웃음이 잔뜩 섞인 탐
정이라는 말을 들으니 내가 사용한 것과는 아주 다른 단어 같았

다. 어쨌든 희요에게서 대강의 일은 들은 듯하니, 설명할 필요가 없어서 다행이었다.

"사정을 탐구하는 사람이라. 재밌는 말을 만들었더구나. 그래서, 뭣 좀 알아냈느냐."

조금 전의 그 위엄은 걷히고 가벼운 기운만 남았다. 마치 다른 사람이 된 것처럼.

"아직 말씀드릴 단계는 아닙니다."

"그 말은 뭔가 알아낸 게 있다는 뜻이구나."

무거울 때는 무서워서 말을 꺼내기 힘들었는데, 가벼워지자 묘하게 놀림을 당하는 듯한 기분에 말을 꺼내기가 싫어졌다.

"이 아이는 새로 온 기생이냐."

허천군의 시선이 연시에게 향했다.

"아닙니다. 제 누이입니다."

나도 모르게 발끈한 말투였다.

"누이? 친동기간으로 보이지는 않는데?"

연시와 나를 번갈아 보는 그 시선에 또 한 번 발끈할 뻔했으나 그 기회를 연시가 채 갔다.

"아니어요. 도련님의 여종입니다."

여종. 참 싫고도 아픈 단어다. 연시 입으로 들으니 더더욱.

"친동기처럼 아끼는 아이입니다."

말이 길어지면 왠지 수에 말릴 것 같아 짧게 끊었다. 허천군은 일어서며 혼잣말처럼 중얼거렸다.

"앞으로 자주 보겠구나."

보이지 않는 손으로

며칠 사이 도성에 감기 환자가 눈에 띄게 늘었다. 전염병의 조짐이었다. 현청루에서 시작된 작은 기침이 한양 도성에 퍼지는 데에는 그리 오랜 시간이 걸리지 않았다. 특히 날이 추워지면서 씻을 물과 환경이 갖춰지지 않은 곳곳에 쉽게 번졌다. 백성들은 앓았고 관리들은 우왕좌왕했다. 코로나를 겪어 본 시민으로서 어떻게든 도움이 되고 싶었으나, 이름 없는 소녀의 말을 들어줄 사람은 없었다.

마음은 들썩이는데 몸은 처지기만 해, 해가 중천이 되도록 방에서 나가지 않고 있었다. 연시는 평소처럼 내내 바느질 중이었다. 솜씨도 좋지. 바느질 솜씨야 말할 것도 없지만, 대체 어디서 어떻게 일을 따 오는지 정말 모를 일이었다. 이 정도면 우리 집 가장은 연시가 맞지. 나는 대체 뭐람. 빠르게 움직이는 연시 손만 보다가 문득 의문이 생겼다.

"지금 만드는 건 뭐야?"

"얼굴 가리개여요."

"얼굴 가리개?"

"저도 처음 보는 것인데, 여기 기생들이 쓰는 거라고 하더라고
요. 춤출 때나 시중들 때 이 가리개를 이렇게 쓴대요."

연시가 가리개를 들어 자신의 얼굴에 대었다. 코부터 턱까지
모두 가리는 모양새였다. 또 한 번 머릿속에서 불이 켜졌다. 그래
서였어!

전염병의 시작점은 분명 현청루가 맞다. 그런데 손님들 사이에
바이러스가 퍼져 나가는 동안, 기생들은 병에 걸리지 않았다. 만
약 증세가 있었다 해도 가벼웠을 것이다. 얼굴 가리개 덕분에 마
스크를 착용한 것이나 마찬가지였을 테니. 가리개가 비말을 완전
히 막아 주지는 못해도 어느 정도의 효과는 있었겠지. 게다가 기
생들은 손님 시중을 드는 동안 술이나 음식을 먹지 않는다고 했
다. 나는 벌떡 일어나 안채로 달려갔다.

"당주님, 드릴 말씀이 있습니다. 급한 일입니다."

대답이 떨어지는 잠깐도 기다리기가 쉽지 않았다.

"들어라."

나는 분명 희요에게 말했는데, 허락은 허천군에게서 떨어졌다.
안으로 들자 희요와 허천군이 대화 중인 듯했다. 희요에게 눈짓

을 보냈으나 희요는 그저 시선을 깔고 반응하지 않았다.

"희요에게 전해지는 이야기 중 내가 모르는 것은 없다. 그냥 고하면 된다."

신분이 어마어마하게 높으신 분이니 자연히 저런 태도가 몸에 밴 것이겠지만, 묘하게 거부감이 드는 것 또한 어쩔 수 없었다. 허천군까지 있는 줄 알았다면 좀 더 정리를 잘하고 왔어야 했는데. 급히 늘어놓을 말이 무엇인지, 그중에서도 가장 먼저 꺼내야 할 말이 무엇인지 알 수 없어 오히려 입이 다물어졌다.

"도성 안에 역병이 도는 건 두 분도 알고 계실 것입니다. 제가 주목한 건 왜 그 병이 하필 현청루에서 시작됐는가 하는 점이었습니다. 지금부터 제가 하는 이야기는 물증 없이 심증만으로 한 추측이지만, 두 분께서 잘 헤아려 들어주시리라 믿습니다.

날이 좋았던 늦여름과 초가을 무렵, 누각에서 연회를 여는 일이 많았을 것입니다. 그게 역병을 느리게 퍼지도록 했습니다. 누각은 사방이 뚫려 있는 열린 공간이기 때문이지요. 그래서 오히려 역병이 아닌 잡귀의 소행처럼 보였던 것입니다.

그리고 첫 번째 환자는 악공 중 하나일 가능성이 큽니다. 기생들은 바깥출입이 잦지 않아 가능성이 적어요. 게다가 기생 중 환자가 있었다면 늘 함께 생활하는 기생들 안에서 먼저 병이 돌았겠지요. 그런데 기생들은 걸리지 않았습니다. 그들은 악공, 손님과 한자리에 있었지만 용케 병의 그물에서 벗어났습니다. 바로 얼굴 가리개 덕분이지요. 이번 역병은 타액이나 체액에 의해 번지고 있습니다. 코와 입을 가리면 전염성이 약해집니다."

내 말에 깊이 생각에 빠진 듯 허천군의 눈빛이 가라앉았다.

"두 분은 최초 감염자로 예상하는 자가 있으십니까?"

허천군과 희요가 눈을 마주쳤다. 그 시선 속에 존재하는 자가 내가 생각하는 그 사람일 것이라는 확신이 들었다.

"별채에 머무는 눈먼 악공. 당연히 두 분 다 아시겠지요."

"한경을 보았느냐."

"우연히 마주쳤습니다."

말이 되지 않는 변명이었으나 허천군은 따져 묻지 않았다.

"그의 증세가 언제 발현되었는지와 발현되기 전후의 동선을 알아야 합니다."

"왜 그것을 알아야 하느냐."

"물론 이미 병이 다 퍼진 후라 시작점을 알아내는 것이 큰 의미가 없다 여기실 수 있습니다. 그러나 그는 지금 저희가 분명히 알 수 있는, 병을 이겨 낸 자입니다. 그의 몸에는 이 병을 이겨 낼 수 있는 항체가 형성되었을 것입니다. 또한 병의 발현과 회복 과정을 자세히 안다면, 다른 이들의 병을 고칠 방법도 자연히 얻을 수 있을 것입니다. 또한 저희 눈에는 그에게서 병이 시작된 것으로 보이지만, 그도 어디선가에서 병을 얻었을 것입니다. 그 원류를 파악해 병이 어떤 종류의 것인지, 다른 곳에서는 어떻게 번져 나가고 있는지 추적해 선례로 삼아야 합니다."

"그냥 꼬마인 줄만 알았더니 제법 일리 있는 말을 하는구나."

발끈할 뻔했으나 간신히 참아 넘기고 희요 쪽을 바라보았다.

"연회는 기록된 장부가 있을 것입니다."

희요가 몇몇 장부를 꺼내어 날짜를 헤아렸다.

"9월 아흐레. 마지막으로 한경이 연회에 참여한 날입니다. 그전에는 한 달간 연주가 없었습니다. 그전에는 아마……."

희요의 말을 허천군이 이었다.

"청나라 사절단을 위한 연회에서 연주했을 것이다."

8월에 청나라 사절단이 열흘 정도 조선에 묵었고, 그들이 돌아가기 전 이삼일간 연회가 열렸다고 허천군이 말했다.

"나리도 연회장에 계셨습니까?"

"가지는 않고 말만 전해 들었다. 좀 더 조사해 보면 정확해지겠지만, 먼 길을 온 사신들일 터이니 건강이 좋지 않은 자들이 섞여 있어도 괴이하게 여기지 않았겠지."

"어쩌면 청나라 지역의 풍토병일 수도 있습니다."

"그래, 그럴 수도 있겠구나. 내 사람을 써서 알아보도록 하겠다."

나 혼자였다면 고민으로만 끝날 일이었는데, 허천군과 희요를 만나니 길이 열리는 것 같았다.

"지금 당장 여기서 더 해야 할 일은 무엇이냐."

"이 얼굴 가리개를 만들어 나눠 주어야 합니다. 물론 이것보다는 단순한 형태로 만들어야 하겠지만."

"가리개?"

"말씀드렸듯 현재의 역병은 입과 코에서 나오는 분비물로 옮습니다. 환자들을 격리하고, 아직 환자가 아닌 자들도 입과 코를 막아 분비물의 흐름을 끊는 것이 중요합니다."

"일단 기본적인 모양을 하나 만들어 놓으면 제가 침가에 맡기겠습니다. 저희 기녀들도 단순한 바느질은 할 수 있으니 돕겠습니다."

"나리께서는 한경을 의원에게 보여 병의 진행 과정을 파악하고 차도 있는 치료법을 받아 오셔야 합니다."

"이제 명령까지 하느냐?"

"이건 명령이 아니라 부탁이지 않습니까."

허천군의 어조가 어느덧 부드러워져 있었다. 그간 봐 왔던 무겁고 무서운 모습과 한없이 가볍기만 한 모습, 그 가운데에 있는 또 다른 면이었다. 표정도 말투도 한층 누그러진 허천군은 다른 사람 같았다. 다들 자기 안에 여러 얼굴을 가지고 있겠지만, 허천군은 그것을 나누고 내보이는 데 다른 이보다 훨씬 더 많은 에너지를 쓰고 있는 듯했다.

"무엇보다 환자와 환자가 아닌 자를 분리하는 것이 중요합니다. 특히 중증 환자는 따로 관리해야 합니다. 환자가 많으니 격리 지역을 설정하는 것도 좋겠지요."

"중증 환자는 혜민서에서 관리하고 경증 환자 격리 지역은 조정 대신들과 의논해 보겠다."

"혜민서에서 받지 못한 환자들은 현청루로 보내 주십시오. 어차피 지금 본채는 사용하지 않으니 잠시 환자를 위해 내놓아도 좋습니다."

놀라울 정도로 말이 잘 통하는 회의였다. 기분은 좋았으나, 알쏭달쏭한 의문이 따라붙었다. 어째서 이렇게 케미가 좋은 거지?

왜냐고 물을 수 없었으므로, 나는 그냥 돌아 나왔다. 해야 할 일이 너무도 많았다.

처소로 돌아와 연시에게 얼굴 가리개 초안을 맡겼다. 제대로 설명하지 못하고 얼버무렸지만, 연시는 잘 알아듣고 내 뜻보다 더 나은 모양으로 가리개를 만들어 냈다. 손재주는 정말 타고났다니까. 내가 감탄하는 동안에도 연시는 쉼 없이 바느질해 얼굴 가리개를 세 개나 완성했다. 하나는 침가에 맡기고, 하나는 기생들에게 넘기고, 나머지 하나는 연시가 내 얼굴에 씌웠다.

"어딜 가든 조심하시고, 이거 꼭 쓰고 다니셔야 해요."

연시가 준 얼굴 가리개는 내 얼굴에 아주 꼭 맞았다.

"당연하죠. 아씨 얼굴에 맞춰 만든 거니까요. 그러니 다른 이 줄 생각은 하지도 마셔요."

"고마운데 아씨라니. 그 말 쓰지 말랬잖아."

그러자 연시는 갑자기 입을 딱 다물었다. 나야 신분이라는 게 거추장스럽고 부담스럽게 느껴질 뿐이지만, 연시에게는 그런 세상만 있었을 텐데 너무 과하게 몰아붙였나. 반성하느라 내 입술도 쉽게 열리지 않았다.

그때, 무언가를 결심한 연시의 입에서 그 단어가 튀어나왔다.

"⋯⋯언니."

"거봐, 쉽잖아. 한 번 하면 아무것도 아니라고."

호들갑을 떨며 연시를 끌어안았더니 연시는 아무렇지 않게 나를 밀어 내고 다시 바느질감을 잡았다.

"도련님, 바쁘다고 하시지 않으셨나요?"

저건 분명히 놀리는 건데. 머쓱했으나 연시의 말은 언제나처럼 다 옳기만 했다.

서둘러 밖으로 나갔다. 위생적인 환경을 유지하는 데 있어 무엇보다 중요한 것은 물이다. 그러나 한양은 물이 충분치 않았다. 식수로 쓸 물도 부족한 판에 씻을 물이 남아날 리 없었다. 손을 씻어야 한다고 아무리 강조해도 사람들은 손 씻는 것을 어색해했다. 쓸 만한 비누가 없는 것도 문제였다. 물로만 씻어서는 세균이 잘 닦이지 않을 텐데.

고민을 해결하지 못하고 다시 현청루로 돌아와 뒤뜰을 거니는데 저 멀리 희요가 보였다. 안채가 아닌 다른 곳에서 본 것은 처음이었다.

"고민이 있는 얼굴이구나."

"네, 백성들이 깨끗이 손을 닦을 방법에 대해 생각 중이었습니다. 기생들은 무엇을 이용해 세안을 합니까?"

"쌀뜨물을 쓰거나 팥이나 녹두 등을 갈아서 쓰기도 하지."

"아, 그렇군요. 양반가 아닌 백성들이 곡식을 손 씻는 데 사용한다고 하면 좋은 말 듣기 어렵겠죠. 또 가루는 아무래도 보관이 불편해서. 고체로 굳혀서 사용할 수 있는 비누가 있으면 좋은데."

"비누?"

"아, 그게…… 손을 닦을 만한 것 말입니다."

희요는 내 말에 잠시 생각하다 따라오거라, 하고 앞장서서 걸었다. 도착한 곳은 안채 중에서도 가장 안쪽에 있는 희요의 처소였다. 희요가 장을 열어 네모진 것을 내게 보였다. 갈색빛의 단단한 그것은 비누가 맞았다.

"이게 어떻게……?"

내가 말을 잇지 못하자 희요는 아무렇지 않게 근처에 놓인 대야의 물로 비누 거품을 내서 손을 닦았다.

"청나라 상인에게 구입한 뒤로 방법을 알아내어 만들어 두고 쓰지."

"그럼 비누를 만들 줄 아십니까?"

"내 것은 항상 단이가 만드니 알고 있을 게다."

"다행입니다. 어서 만들어 환자를 돌보는 의원과 의녀 들에게 나눠 주면 큰 도움이 될 것입니다. 넉넉하게 만들 수 있다면 백성들에게도 나눠 주고요."

"또 고민되는 것이 있느냐."

"물이 문제입니다. 씻으려면 물이 필요한데 넉넉하지 않아서."

"그거라면 걱정 말거라."

"네?"

"곧 큰비가 내릴 것이니."

"그건 어찌 아십니까?"

"천문을 읽을 줄 알지. 내가 관상감보다 낫다고들 하더구나."

희요가 웃어 보였다.

나는 희요의 웃음에서 다른 것이 읽혔다. 어쩌면 희요는 훨씬 더 많은 것을 알고 있을지도 모른다는 것. 그의 눈빛에는 어떠한 흔들림도 없었다. 앞일을 훤히 내다보고 있는 사람처럼.

희요가 궁금해졌다. 그는 어떻게 기생이 되어 현청루를 지었고, 허천군과는 어떤 관계일까. 왜 일면식도 없는 나를 받아 주고 도와줄까. 그의 눈은 대체 어디를 향해 있는 것일까.

허천군과 희요가 나서니 일이 빠르게 진행되었다. 궁중에서 나온 의원이 한경에게 병의 증세와 치료법을 물어 환자들을 치료하기 시작했고, 곧 차도가 보였다. 다른 의원들은 도성 밖의 빈집들이 모인 곳을 정리해 격리처로 삼고 경증 환자들을 돌보았고, 혜민서와 현청루에서 중증 환자들을 나눠 맡았다. 역병의 기세는 점차 수그러들었다.

허천군은 분명 일을 진두지휘하고 있었으나 어디에도 모습을 보이지 않았다. 희요 또한 마찬가지였다. 현청루에 머무는 것은 분명한데, 어디에 있는지 알 수가 없었다.

일이 마무리될 무렵, 별채 뒤뜰에서 허천군과 마주쳤다.

"나리, 그간 어디 계셨습니까?"

반가운 마음에 책망하는 듯한 어조가 나와 버렸다. 하마터면 보고 싶었다는 말이 나올 뻔도 했다. 그 뒤 어떤 만남도 가지지 않았는데도 이상하게 허천군과 가까워진 느낌이 들었다.

"영리하니 알고 있을 터인데. 나랏일에 내가 얼굴을 내밀 수 있겠느냐."

왕의 형제가 왕권에 위협이 되어서는 안 되기에 당연한 처사겠지만, 왠지 내가 다 속이 상했다.

"감사합니다. 덕분에 이제 한시름 놓았습니다."

"감사는 네가 아니라 내가 해야지."

허천군은 몸을 돌려 천천히 누각 쪽으로 걸었다. 나도 그 뒤를 따랐다.

"이리 와 앉아라. 밤도 좋은데 술이나 한잔하자꾸나."

술을 못 마신다는 말을 하려다 이참에 배워 두는 것도 나쁘지 않겠다는 생각에 냉큼 잔을 내밀었다. 잔 가득 투명한 술이 채워졌다. 허천군이 먼저 잔을 비운 뒤, 나도 고개를 돌려 한 모금 삼켰다. 목구멍이 홧홧했으나 못 견딜 정도는 아니었다. 열기가 가라앉은 뒤에는 향긋한 냄새가 코로 올라왔다.

따라 주는 대로 마시다 보니 어느새 술 한 병이 다 비었다. 겨울밤답지 않게 바람이 고왔고, 달빛은 맑았다.

"다른 곳에서 권하는 술은 마시지 마라."

"네? 왜 그러십니까? 기분이 아주 좋은데요."

"아녀자가 단정치 못하게."

"아녀자가 뭐요! 아녀자는 술도 마시면 안 됩니까? 하여튼 유교는 재미없다니까."

취한 채로 입술을 삐죽이다 드러누웠다. 그런데 뭔가 이상한 기분이 드는데…… 아!

"제가 여인인 걸 어찌 아셨습니까?"

"어떻게 모를 수가 있겠느냐. 아마 희요도 알고 있을 게다."

"네? 당주님도요?"

"네가 여인이 아니었다면 현청루에 머물게 했을 리가 없다. 아무리 몸종이라고 해도 아녀자와 함께인데 방을 하나만 내줄 리도 없고."

망했다. 하지만 마음은 오히려 홀가분했다.

"두 분은 아셔도 다른 이들은 잘 모릅니다. 다들 두 분처럼 눈이 밝지는 않아요. 다른 이한테 그리 관심도 없고. 그런데 왜 남장을 하는지 연유는 묻지 않으십니까?"

"그럴 만한 사정이 있겠지. 복잡한 이야기는 꺼내지도 마라."

허천군이 귀찮다는 듯 손을 내저었다. 그 모습에 웃음이 터졌다. 그는 왕제가 아닌, 그저 한 청년의 얼굴을 하고 있었다.

"나리는 성함이 어떻게 되십니까?"

"무엄하구나."

혼내는 말이었는데도 차갑지 않았다. 그래서 다시 한번 용기를 냈다.

"이름은 부르라고 있는 것이 아닙니까. 알아야 부르죠. 불러야 대답하고요."

허천군은 잠시 생각에 잠긴 듯 입을 다물었다. 나는 침묵 속에서 허천군의 마음을 헤아렸다. 어디에도 나설 수 없고, 어떤 능력도 펼칠 수 없고, 누군가에게 불릴 수도 없는 이의 삶에 대해 생각했다. 내가 이해하고 공감할 수 있는 틈은 너무도 작겠지만, 그 작은 틈으로나마 온기를 넣어 주고 싶었다.

"명이다. 나도 내 입으로 낸 것이 오랜만이구나."

"잘 어울리십니다. 무엄하니 제 입에 올리지는 않겠습니다."

하지만, 잊지 않고 기억해 두겠습니다.

죽음으로 득을 본 자

봄이 왔고, 자연스레 도성 안은 바빠졌다. 도성에는 농사를 짓는 백성들이 많지 않았으나 봄의 들썩임과 분주함은 어디에나 있었다.

겨우내 멈췄던 것들이 움직이기 시작할 때, 나는 반대로 온갖 기운이 빠지는 기분에 해가 중천에 뜨도록 방에 누워만 있었다. 어머니가 계셨다면 이런 나를 절대 방치했을 리 없겠지. 아버지가 보기 전에 뭐라도 하라며 수틀을 쥐게 하든지, 부엌으로 내쫓아 뭐든 도우라고 했을 것이다. 어머니는 아랫사람들 손을 타는 일이라도 뭐든 스스로 할 줄 알아야 한다고 가르치셨다. 그것들을 다 배우기도 전에 어머니와 헤어졌지만.

그런 생각을 하다 잠시 멈췄다. 이제 내 기억에 머무는 것도 모두 조선에서의 일뿐이구나. 나는 더 이상 미래를 그리워하지 않는 걸까. 미래에 두고 온 것들이 점점 희미해지고 있었다. 다시 태어나 사는 것은 분명 기회이지만, 무언가를 잃어버린 듯한 기분에 머리가 멍해졌다.

가만히 앉아 생각만 많아지는 건 최악이야. 뭐든 해야 해.

일단 밖으로 나갔다. 생각 없이 걷다가 사람들이 모여 있는 곳을 발견했다. 자연히 발걸음이 그쪽으로 향했다. 그리고 그 자리에서 지양을 발견했다. 놀랍지는 않았다.

"왜들 모여 있어?"

"살인 사건이야."

"살인 사건?"

내가 더 되물으려 하자 지양이 내 입을 막았다. 관리들이 몰려와 사람들을 흩트렸으나, 다들 몇 걸음 움직이지 않고 한 곳에 시선을 주고 있었다. 관리들은 서둘러 시신을 덮었지만 죽은 이가 순라군 복장을 하고 있었다는 것을 모르는 자는 없었다. 모두들 쉬쉬하며 고개를 내둘렀다.

순라군 군사가 살해당했다는 소식은 하루 사이 온 도성 안에 퍼졌다. 아직 범인이 잡히지 않아 사람들은 저마다의 추리를 내놓았다.

"분명히 뇌물 때문에 죽었을 거라니까. 요즘 도성 출입이 좀 쉬웠나? 몇 푼 얹어만 주면 문을 열어 준다는 말이 그리 많았는데."

"아니야, 치정에 의한 살인이라니까. 그 군사가 궁녀와 내통했다는 말이 있어요. 그러다 발각될 위기에 처하자 궁녀가 살해한 거라고."

근거 없는 소문은 점점 커졌고, 의금부는 어떻게든 일을 빠르게 처리하고자 애썼다. 종사관들이 도성 안팎을 샅샅이 뒤졌다. 도성 안 경비도 삼엄해졌다.

사람들은 곧 살인 사건에 대한 관심을 접고 불평을 늘어놓기 시작했다. 도성으로 드는 모든 물품을 검사하느라 수시로 통행이 지연됐고, 도성 안 물자는 금세 동이 났다. 검사를 기다리다 팔 생선이 상해 버리는 일도 있었고, 햇볕에 채소가 시들해지는 일도 잦았다.

백성들의 원성을 들어 가며 일주일 만에 잡힌 범인은 왕십리에서 채소전을 운영 중인 논산댁이었다. 의외의 인물이어서 사건이 또 구설수에 올랐다. 몸집도 손도 발도 작은 여인은 포졸들에게 결박당해 잡혀가면서도 자신은 범인이 아니라고 목소리를 높였다. 게다가 그 와중에도 끝까지 하인들에게 채소를 다듬어라, 종로에 늦지 않게 배달해라 하며 잔소리를 하기도 했다. 사람들은 고개를 내저으며 한마디씩 보탰다. 여자가 저리 독하니 그런 일이 벌어지지.

지양과 나는 주막에서 국밥을 한 그릇씩 시켜 앞에 두고 말을 이었다.

"그래서 너는 범인이 누구라고 생각해?"

내 물음에 지양은 아무렇지 않게 대답했다.

"논산댁이라며. 맞겠지, 뭐."

"별다른 증거도 안 나왔는데 그 말을 그대로 믿는다는 거야?"

"논산댁 독한 거야 도성 밖까지 유명하지. 오로지 돈밖에 모르는 여자라고."

"그 편견이 살인을 했다는 증거가 될 수는 없잖아."

"아무리 떠도는 말이라도 그런 말이 나도는 건 다 그럴 만한 이유가 있어서야. 논산댁이 그 순라군에게 뇌물을 준 것이 기록된 장부도 나왔다니까."

"뇌물도 살인의 증거는 아니지."

"증거는 곧 나올 거야. 내기할래?"

내가 수락하기도 전에, 어디선가 나타난 소녀가 우리 앞에 엽전 꾸러미를 놓으며 말했다.

"그 내기, 나도 하겠소."

분명 나보다도 어린 것 같은데 너무 큰돈을 척 내놓는 것이 아무래도 수상했다. 지양은 어느새 엽전 꾸러미에 손을 얹고는 무르기 금지를 외치고 있었으나, 나는 일어나 지양의 손에서 꾸러미를 빼내어 다시 소녀에게 돌려주었다.

"누군지도 모르는 이와 내기를 할 수는 없습니다."

"이제부터 알아 가면 될 것 아니오."

소녀는 고집스러운 얼굴로 다시 꾸러미를 탁자에 올려놓았다.

"그래, 그래. 딱딱한 얼굴 풀고 내기 규칙이나 정하자고."

이미 엽전 꾸러미에 홀려 버린 지양이 생글거리며 나와 소녀를 앉혔다. 마지못해 앉기는 했으나, 소녀도 나도 엽전 꾸러미에는 시선도 주지 않고 서로를 경계하기에 바빴다. 대충 보기에도 초가집 한 채는 살 수 있을 정도의 금액이었다. 모르는 사람들과의 내기에 이런 큰돈을 내놓는다는 것 자체가 이상했다. 어딘가에 함정이 있을 거야.

"나는 왕십리에 사는 차현이라 하오."

아니, 아무리 조선 시대라고 해도 말투가 너무 올드한 거 아니야? 집중해야 할 때 오히려 딴생각에 사로잡히는 건 버릇이라 어쩔 수 없었다.

"진범을 찾아오는 이에게 이 돈을 모두 드리겠소."

"왜 그리하는 것입니까?"

"아니, 진범은 논산댁이라니까? 무슨 진범을 찾겠다는 거야."

"나 또한 그자가 범인이라고 생각하오. 그러나 어떤 증거도 없소. 그자가 범인이라는 확실한 증거를 찾아오는 자에게도 이 돈을 드릴 겁니다."

"그러니까 대체 왜!"

궁금증을 참지 못한 내가 결국 소리를 버럭 내질렀다. 그러나 소녀는 여전히 표정 하나 바뀌지 않고 대꾸했다.

"드디어 연을 끊을 기회가 주어져 기쁜 마음으로 내건 현상금이라 생각해 주시오. 관아에 잡혀 있는 논산댁이 내 어미이니."

지양도 나도 움직임을 멈췄다. 어머니의 결백을 밝혀 달라는 게 아니라 범죄를 저질렀음을 증명해 달라니.

하지만 그 순간, 나는 이 내기에 참여하기로 마음을 굳혔다. 꼬인 실타래 같은 일을 어떻게든 풀어내고 싶다는 본능을 참을 수 없었다. 역시 나는 탐정이 맞다니까.

이번 사건은 각개 전투이기 때문에 지양과 차현과 나는 사흘간 사건의 증거를 모아 다시 이 자리에서 모이기로 약속했다. 범인이 누구든, 정확한 증거만 내놓으면 돈은 그 사람 차지가 된다. 돈이 욕심나지는 않았으나 차현이 궁금했고, 논산댁이 궁금했고, 무엇보다 진범이 누구인지 궁금했다.

시체를 검시한 오작인을 통해 알아보니, 사망자의 사망 원인은 비상 중독이었다. 비상은 궁중에서 가장 많이 쓰이는 독이지만 일반 백성이 구하기는 어렵다. 어떤 경로를 통해 비상을 손에 넣었는지, 그것을 아는 게 첫걸음이었다.

일단 할 수 있는 건 탐문 수사뿐이어서, 논산댁의 거래처마다 찾아가 논산댁에 대해 물었다. 그런데 물을 때마다 사람들은 혀를 차거나 고개를 절레절레 내두르곤 했다.

"진짜 독한 여자야. 제때 셈을 치르지 않거나 일이 조금이라도 틀어지면 아주 난장판을 만들어 놓기 일쑤라니까. 그날도 순라군 군사 하나를 찢어발겨야 한다면서 갔다고. 눈 감아도 그다음이 훤히 보이는 일이지, 뭐."

　논산댁은 몇 년 전 작은 채소전을 차려, 이제 손꼽힐 정도로 큰 채소전을 운영하는 이였다. 도대체 잠은 언제 자느냐는 말이 나올 정도로 새벽부터 밤늦게까지 일만 하고 다녔다. 성 근교의 채소밭과 거래를 트고, 성안에 있는 여러 상인에게 그 채소들을 도매로 납품하는 식이었다.

　소매상들이 조금만 약속 시간을 어기거나 대금을 제때 주지 않으면 가게를 쑥대밭으로 만들거나 장사를 하지 못하게 드러누워 버리는 일도 잦았으므로 평판은 좋지 않았다. 인색하기 이루 말할 데 없는 자였다.

　얼마 전부터는 궁에도 채소를 납품하기 시작했는데, 이게 문제였다. 궁은 아무래도 채소의 상태나 질을 따져서 확인 시간이 길었고, 겨울이라 해가 빨리 지는 바람에 성문이 닫혀 오도 가도 못하는 일이 몇 번 있었다고 한다. 논산댁은 어쩔 수 없이 순라군 하나를 뇌물로 매수해 문이 닫힌 이후에도 통행하는 데 성공했다. 그 일을 두고 돈이면 다 해결된다니까, 하며 으쓱댔다고 했다.

　하지만 미봉책은 또 다른 문제를 낳는 법이다. 어느 날, 말단 군사는 뇌물을 받는 것을 상급자에게 들켰고, 상급자의 입을 막기 위해 더 큰 뇌물이 필요해졌다.

　그래서 살해당하던 날 낮, 그는 채소전에 들러 당당히 돈을 요구했다. 논산댁은 소금까지 뿌리며 그를 내쫓았다. 그 모습을 시장 상인들이 모두 지켜봤다고 한다.

이 부분이 가장 걸리는 대목이었다. 모두가 보는 가운데 크게 싸우고, 싸우자마자 바로 살인을 저지르는 바보가 어디 있다고. 그건 사람들에게 내가 범인이라고 자백하는 꼴인데. 오히려 다른 범인이 있어서 그날을 범죄 실행일로 정한 게 아닐까? 누가 봐도 뻔한 용의자가 있으니 몸을 숨기기 쉬웠겠지.

하지만 이런 생각도 심증에 불과하다. 살해 동기는 누가 봐도 명확하니까.

그러나 동기가 있다고 해서 모두 살인을 저지르지는 않으니, 이럴 때는 이 일로 가장 득을 본 자가 누구인지를 알아내야 해. 우선 경쟁 관계에 있는 다른 채소전들이 있을 것이고…… 아, 논산댁의 딸. 그 또한 득을 본 자가 아닐까.

생각에 빠져 걷느라 미처 앞을 보지 못해 무언가에 부딪혔다.

"무슨 생각을 그리 하느냐."

빙긋 웃으며 나를 내려다보는 이는 허천군이었다. 반가운 마음에 와락 끌어안았다가 정신이 들어 얼른 떨어졌다. 허천군은 그저 웃을 뿐이었다.

"고민이 있는 얼굴이던데?"

"네, 논산댁 사건 때문에요. 나리도 들으셨지요?"

"형수, 자네가 조사하는 사건이지?"

허천군이 고개를 돌려 누군가를 불렀다.

"네, 맞습니다."

형수라고 불린 이는 키가 크고 어깨가 넓었다. 힐끗 보기만 해도 무관인 것을 바로 알 수 있었다.

허천군은 둘 다 따라오너라, 하며 앞서 걸었다. 나는 걷는 동안 형수를 계속 의식했으나 형수는 내가 보이지도 않는다는 듯 신경 쓰지 않았다. 묘하게 거슬리는 태도에 기분이 상했지만, 티를 낼 수는 없었다.

허천군은 현청루 뒤뜰 누각에 자리를 잡고 앉았다. 형수와 나는 함께 앉으려다 몸이 부딪혔고, 어색함에 쭈뼛대다 거리를 두고 섰다. 그런 우리를 개의치 않고 허천군이 말했다.

"하던 이야기를 마저 해 보거라."

"이자 앞에서 말입니까?"

형수가 경계를 풀지 않고 되물었다.

"아, 서로 모르나? 여기는 유형수 종사관. 그리고 여기는 백서경. 둘 다 내 친우다."

친우라는 말에 형수는 어이없다는 듯 나를 힐끗 보았다.

"아직 수사 중인 사건이라……."

"알아도 문제 될 일 없는 아이다. 가끔은 괜찮은 생각을 하기도 하지."

아무리 왕족이라도 사람을 앞에 두고 평가를 내리는 건 좀. 형수는 여전히 미심쩍은 표정이었으나 억지로 입을 열었다.

"논산댁은 동기도 충분하고, 그의 집에서 남은 비상도 발견됐습니다. 그런데 비상을 사용한 시각을 특정할 수가 없습니다. 사건 당일 저녁 식사 후에 발작이 있었으니 분명 그사이에 독을 썼을 것인데, 논산댁은 내내 성안에 있었다고 합니다. 채소상들을 찾아다니며 대금 독촉을 한 듯한데, 움직인 모든 곳에 목격자가 있습니다."

그러니까 증거품도, 살해 동기도 나왔는데 알리바이가 성립된 것이군. 수사가 길어지는 까닭이 이거였구나. 형수의 말을 듣자 빈 조각이 보이는 것 같았다.

그런데 왜 논산댁의 집에 비상이 있었을까. 논산댁이 범인이 아니라고 상정하면 증거품이 그 집에 있어서는 안 되는데.

"비상은 어떻게 구했다고 합니까?"

내가 묻자, 형수는 여전히 못마땅한 눈치로 어쩔 수 없이 대답했다.

"청나라 상인을 통해 구했다고 합니다."

정확한 출처를 숨기는 발언이었다.

"왜 가지고 있었답니까? 애초에 비상을 가지고 있을 이유도 없지만, 범죄를 저지른 후에는 버리는 게 나았을 텐데요."

"만일을 대비해 구했다고 합니다."

"만일을 대비해?"

허천군이 의아해하며 되물었다.

"저도 그 부분이 의문입니다. 만일을 대비해 비상을 가지고 있었다는 것이. 알고 계시겠지만, 논산댁은 쌀 한 톨도 허투루 쓰지 않는 이입니다. 비상은 꽤 비쌀 터인데 만일을 위해 그것을 구했다는 게 이해가 되지 않습니다. 돈에도 시간에도 인색한 이가 별다른 이유도 없이 독을 지참할 리가 없습니다. 비상의 출처를 제대로 알아보는 것이 좋겠습니다."

내 말에 처음으로 형수가 고개를 끄덕였다.

떠도는 말들이 가리키는 것은

허천군에게 인사를 하고 물러나는데 의금부 관리가 형수에게 다가와 귀엣말로 무언가 속삭였다. 형수의 미간이 좁혀지는 게 보였다. 그가 들은 이야기가 사건에 관한 것이라는 직감이 들었다. 어떻게든 따라나서야 했다.

"무슨 일이십니까."

"몰라도 된다."

"허천군 나리께서 함께 알아보라고 하시지 않았습니까."

이럴 때는 역시 높은 사람 평계를 대야지. 형수의 눈동자가 흔들리는 것을 보니 제대로 먹혀들었다. 때를 놓치지 않기 위해 한마디 덧붙였다. 분명히 저의 쓸모가 있을 것입니다.

"사망자와 함께 일하던 순라군 군사가 증언을 하겠다고 왔다."

"저도 데려가 주십시오."

"수사에 일반인이 참여할 수는 없다."

"나서지 않겠습니다. 증언을 들을 수 있게만 해 주십시오."

형수는 잠시 고민하다 입을 열었다.

"곁방에서 듣기만 하거라."

취조실이라 불린 곳에는 정말 아무것도 없이 의자 두 개만 놓여 있었다. 형수는 나를 곁방으로 안내한 후 문을 닫았다. 곧 어떤 이가 드는 소리가 들렸다. 어떻게 생겼는지, 어떤 표정을 짓는지 너무도 궁금했지만, 내가 할 수 있는 건 그저 듣는 일뿐이었다. 나는 그의 숨소리도 놓치지 않으려고 귀를 기울였다.

"저는 남산골에 사는 김신우라고 합니다. 죽은 석주와는 그리 절친하지 않았습니다. 함께 일하는 동료 정도였지요. 사실 저는 함께 일하는 동료 누구와도 친할 수 없었습니다. 부장 황판식한테 너무 시달려 정신이 없었으니까요.

황 부장은 자기 밑에 있는 다섯 명의 군사에게 매달 상납금을 요구했습니다. 그럴듯한 핑계도 이유도 없었습니다. 그저 돈을 내놓지 않으면 더는 이곳에 발붙일 수 없게 만들겠다는 협박만 있었을 뿐입니다. 실제로 함께 일하던 군사 중 하나가 항명을 하다 황 부장의 고발로 곤장을 맞고 쫓겨나기도 했습니다. 저희는 어쩔 수 없이 뇌물을 받아서 황 부장에게 바쳤습니다. 그렇게라도 살아야 했으니까요.

하지만 저는 뇌물을 받아 내는 데 재능이 없었습니다. 그딴 재능은 당연히 없어야 하지만, 황 부장은 그런 저를 늘 조롱했습니다. 그것을 참지 못하고 그만둔 게 넉 달 전입니다.

잘은 모르지만, 석주의 죽음에 황 부장이 관여되어 있을 것입니다. 혹여 아무 관여가 없다 하더라도 어떻게든 황 부장의 만행을 끊어 주십시오. 그것만 해결된다면 제 죗값도 달게 치르겠습니다."

형수는 침착한 목소리로 그에게 몇 가지를 더 물었다. 황 부장에게 돈을 바친 자들의 명단과 방식, 황 부장이 뇌물을 취했다는 증거 등등. 그는 떨리는 목소리로 정확하게 사실을 말했다. 자신이 적어 둔 뇌물 장부와 상납금 기록지도 제출했다.

그가 떠나자 형수는 관리 몇을 불러 조사를 명했다. 그러고 나서야 곁방에 있는 나를 찾았다.

"황 부장이 범인이라고 생각하느냐?"

"당장은 알 수 없습니다. 조사로 밝혀지겠지요. 그러나 이 일이 살인 사건과 무관하지는 않다고 생각합니다. 아마도 같은 뿌리에서 비롯된 일이 아닐까요. 뇌물과 비상, 그 사이의 연결 고리를 찾아야 합니다."

"그래, 아직도 그 두 가지를 함께 지닌 건 논산댁뿐이다."

"그렇죠. 하지만 논산댁은 죽은 순라군의 집도 몰랐고, 그의 저녁에 비상을 넣을 시간도 없었습니다. 잠시 논산댁을 풀어 주는 게 어떨까요?"

"죄인을?"

"그는 아직 죄인이 아닙니다. 추정일 뿐이지요. 논산댁을 풀어 주면 몸이 달은 범인이 움직일지도 모릅니다."

"그것은 나 혼자 결정할 일이 아니다. 하지만 고려해 보마."

아까와 달리 형수의 눈빛과 말투가 풀어진 것이 느껴졌다.

며칠 동안 형수는 자는 시간, 먹는 시간도 줄이고 조사에만 매달렸다. 그렇게 황 부장의 뇌물 내역을 대부분 밝혀 냈다. 증거도 충분히 모았고, 연루된 자들도 파악을 마쳤다. 그런데도 끝까지 조사에 빈틈이 없는지 살피고 있었다. 눈이 빨개지도록 서류를 보고 또 보는 형수를 보자 나까지 피곤해지는 기분이었다. 내가 도리질하는 걸 봤는지 허천군이 피식 웃었다.

현청루 뒤뜰, 허천군의 별채에서는 허천군과 나뿐만 아니라 모두가 여유 넘쳤다. 한가로운 봄, 나비는 잎에 앉아 쉬고 벌도 꿀을 모으는 데 집중하지 않고 어슬렁댔으니까. 이 푸르고 따스한 곳에서 한 치의 여유도 없이 일, 일, 일에만 매진하는 이는 오로지 형수 하나였다.

"저 정도면 강박이지 않습니까?"

"그 점이 형수를 형수답게 하지."

"그런데 왜 일을 여기서 한답니까. 의금부에서 하면 될 것을."

"저 원칙주의자가 이곳에 올 때는 무언가 유연하게 처리해야 할 일이 있는 것이다."

"그럴 때 나리께서는 어떠한 답을 주십니까."

"그냥 너 하고 싶은 대로 하라고."

"그게 답이 됩니까?"

"틀리지 않았다 지지해 주는 것만으로 충분하다."

옳다고는 하지 않아도 틀리지 않았다, 잘 가고 있으니 걱정하지 않아도 된다, 그런 마음으로 보내는 응원. 혹여 잘못된 길에 들었을지라도 조금 더 가 보라는, 가도 된다는 의미의 끄덕임. 그것이 사람에게 등을 곧게 세울 힘을 준다는 사실을 허천군과 희요를 보고 배웠다. 둘은 인생 경험이 짧은 내가 봐도 꽤 괜찮은 어른이었다.

고개를 숙이고 무언가에 골몰하고 있던 형수가 드디어 입을 열었다.

"논산댁을 잠시 풀어 주는 것을 어찌 생각하십니까."

오, 드디어 내 제안이 받아들여지나?

"도주의 위험성이 있느냐."

"없을 것으로 보지만, 만일의 경우를 대비해 감시 인원을 붙여 둘까 합니다."

허천군이 머금었던 차를 삼키며 말했다.

"음, 그러면 되겠구나."

결국 답은 형수 안에 있었다. 허천군의 말이 떨어지기 무섭게 형수가 일어났고, 나도 따라 일어섰다.

"너는 또 무슨 말썽을 피우려고 그렇게 서두르느냐."

"네, 말썽 좀 피우려고요. 그래도 일을 그르치지는 않겠습니다."

신난 내 목소리에 허천군은 혀를 차며 고개를 저었으나 막지는
않았다.

나는 형수보다 먼저 현청루를 벗어났다. 저잣거리로 나가면서
지양에게 연락하고 싶은 마음이 들었다. 하지만 여기는 스마트폰
은커녕 전화도 없는 세상이지. 그래서 아무 과학적 근거도 없는
텔레파시를 보내기 시작했다. 거기에 있어라, 거기에 있어라.

그리고 내가 바랐던 곳에 지양이 있었을 때, 나는 과학을 앞선
내 직감에 감탄했다.

"여기 있을 줄 알았다니까. 같이 의금부에 좀 가자."

"왜?"

"오늘 논산댁을 풀어 준대."

"논산댁을 왜 풀어 줘? 진범이 잡혔어?"

"진범을 잡으려고 풀어 주는 거지."

한창 바쁜 시간이라 그런지 의금부 앞에는 오가는 사람이 거의
없었다. 지양과 나는 몸이 숨겨질 만한 길목에 서서 논산댁을 기
다렸다.

얼마 뒤 문이 열리고, 한층 더 마른 논산댁이 몸을 웅크린 채 느
리게 걸어 나왔다. 비척이는 모양새가 금방이라도 넘어질 것만

같았다. 나는 멀어져 가는 논산댁을 지켜보다 지양에게 말했다.

"이제 가서 논산댁이 풀려났다고 소문을 내."

"소문?"

"범인의 귀에 들어가게."

지양은 더 묻지 않고 바로 고개를 끄덕였다. 친구라는 건 이래서 좋다. 말을 길게 하지 않아도 내 뜻을 잘 알아채, 곧바로 다음으로 나아갈 수 있어서.

지양을 저잣거리로 보내고, 사망한 순라군 이석주의 집으로 향했다. 그의 집은 고요했다. 아니, 고요하다기보다는 차갑고 어두운 느낌이었다. 그가 죽은 지 오래되지 않았는데도 주인을 잃은 집은 생기도 온기도 없었다. 그의 손길이 닿았을 마루며 상이며 이부자리 같은 것들이 쓸쓸하게 잠들어 있었다.

우선 안방으로 들어가 샅샅이 살폈다. 혼자 지냈던 것인지 이부자리와 간단한 세간뿐인 집을 보자 왠지 모를 한숨이 났다.

나가려다가 구석에 있는 낡은 경대에 눈길이 멈췄다. 오랜 시간 만지지 않았던 것인지 엷은 먼지가 쌓여 있었다. 조심스럽게 경대를 열었다. 안에는 아무것도 없었고, 거울도 뿌옇게 흐려진 채였다. 두 개의 서랍 중 위에는 용도를 알 수 없는 끈이 말아져 있었고, 아래에는 끝이 깨진 옥비녀 하나가 보였다. 꽤 질이 좋은 옥인 것 같은데. 누구 것일까.

옆방과 부엌까지 훑어보고 창고 문 뒤로 숨었다. 살짝 문틈을

벌려 시야를 확보한 다음, 누군지 모를 방문자를 기약 없이 기다
리기 시작했다.

결국 그날의 기다림은 아무 소득 없이 끝났다. 동틀 무렵 돌아
온 나에게 연시는 어디를 다녀오셨냐 물었지만, 대답할 기운도
없어 손만 젓고 이부자리에 누웠다. 연시가 덮혀 놓은 것인지 이
불 안이 따뜻했다. 덕분에 아무 생각도 고민도 없이 잠들었다.

다시 깼을 때는 이미 해가 중천이었고, 나는 대충 세수만 한 뒤
또 밖으로 뛰쳐나왔다. 저잣거리에서 사람들을 모아 두고 책을
읽는 지양을 보며 머릿속으로는 계속 사건을 더듬었다. 어제는
첫날이라 논산댁이 풀려난 것을 범인이 모를 수도 있어. 오늘도
지켜봐야지.

어느새 일이 끝났는지, 지양이 책 보따리를 정리하며 내 옆에
와 앉았다.

"어제 논산댁은 집에서 뭐 했어?"

"내가 거기 갔던 거 어떻게 알아?"

"그건 몰라도 네가 내기에 미친 자라는 건 아니까 당연히 가 보
지 않았을까 싶었지."

지양은 키득거리며 장난을 치다 금세 진지한 얼굴로 말했다.

"그런데 이상한 게 하나 있어. 차현이 집에 없었어."

"언제부터?"

"정확하지는 않은데, 그제까지는 집 근처에서 차현을 봤다는

104

사람이 있으니까 아마도 어제 사라진 것 같아."

"논산댁이 풀려난 걸 알고 간 걸까?"

"소문이 돌았다고 해도 그렇게 빨리 알 수 있을까? 내가 저잣거리에 있다가 바로 간 건데 이미 없었어."

차현의 행적도 틈틈이 쫓아야 했는데 그걸 놓쳤군.

지양이 무언가를 고민하는 얼굴로 땅을 발로 쓸다가 마침내 입을 열었다.

"사람들 말이, 차현이 평소에도 이상했대. 낮에는 내내 집에만 있다가 가끔 밤에 등도 들지 않고 돌아다니고 그랬다더라. 무당 팔자인데 신을 안 받아서 그런다는 말도 있고."

"그건 그냥 소문이잖아."

"그냥 소문이라도 근거 없이 떠도는 말은 없어."

무당 팔자 같은 건 믿지 않아도 밤에만 떠도는 건 어떤 의미가 있는 행동일지도 모른다.

"뭐, 난 이겨서 돈만 받으면 되니까."

"아직도 범인이 논산댁이라고 생각해?"

"아니, 달리 짚이는 사람이 있어."

"그게 누군데?"

"아직은 비밀."

분명 지양은 여기저기 다니며 수많은 이야기를 수집했을 것이고, 그 안에서 어떤 단서를 찾았을 것이다. 지양의 말이 영 틀린 건 아니다. 떠도는 말들은 제각기 출처가 있고, 그게 오해에서 비롯된 것이라 할지라도 단서가 되기 마련이다.

일어서려는 나를 지양이 붙잡았다.

"오늘은 같이 움직여. 혼자 범인 잡지 말고."

잠시 망설였으나 지양이 있으면 덜 위험하고 덜 지루할 것이 분명했다. 우리는 함께 이석주의 집으로 향했다. 집은 여전히 휑했고, 누군가 다녀간 것 같지도 않았다. 나는 어제처럼 창고 문 뒤에 숨었다. 오늘은 지양과 함께였다. 우리 둘은 낮은 목소리로 속삭이듯 이야기를 나누다가도 작은 소리에도 숨죽이며 밖을 내다보았다.

시간이 지날수록 우리의 경계심은 낮아졌다. 위험한 자들은 늘 밤에 움직인다지만, 밤이 깊어질수록 소리나 기척이 크게 느껴지므로 아무도 모르게 움직이기는 더 힘들 수도 있다.

지양과 사소한 것으로 투닥이다 나도 모르는 사이 목소리가 높아지던 차, 갑자기 창고 문이 열렸다. 우리는 당황해 소리도 지르지 못하고 주저앉았다. 염탐하다가 들키는 꼴이라니.

그런데 우리를 찾아온 자는 대뜸 윽박부터 질렀다.

"조용히 좀 하시오. 범인이 오다가 도망가겠소."

그자가 얼굴을 가린 천을 내리자 차현의 모습이 보였다. 여기는 어떻게, 하면서 내가 말을 더듬자 차현은 아무렇지도 않게 나와 지양 사이에 앉아 창고 문을 닫았다. 놀란 가슴을 진정시키고 다시 어떻게 온 것이냐 묻자, 차현은 나를 가리키며 툭 던지듯 말했다.

"며칠간 당신의 뒤를 밟았소."

나? 나를? 당황한 내가 또 말을 잃자 지양이 한심하다는 투로 말했다.

"어떻게 미행도 몰라?"

그러자 차현은 고개를 돌려 지양에게 쏘아붙였다.

"당신은 나를 범인으로 생각하고 있지 않았소?"

이번에는 지양의 말문이 막혀 버렸다.

"내 뒤만 캐고 다니는 걸 알고 있었소."

머쓱해진 지양이 고개를 떨궜다. 나도 무슨 말을 꺼내야 할지 몰라, 우리는 한동안 침묵만 지켰다.

주위는 고요했고, 문틈으로 서서히 푸른 빛이 스몄다. 오늘도 허탕인가 싶었으나 이상하게 발길이 떨어지지 않았다. 지양은 꾸벅이며 졸고 있었고, 차현은 시선을 오직 문틈에만 박아 두고 가만히 앉아 있었다. 어색한 분위기에 무슨 말이라도 꺼내려고 저, 하는데, 갑자기 차현이 내 입을 막았다. 밖에서 희미한 소리가 들려왔다. 분명 누군가의 발소리였다.

문틈으로 침입자를 살폈다. 쓰개치마를 써서 얼굴이 보이지 않았지만, 몸집이 그리 크지 않은 여인이라는 것은 알 수 있었다.

그는 망설임 없이 부엌으로 들어갔다. 조금도 두리번거리지 않고 집 안 구석구석을 다니는 것을 보면 이 집에 익숙한 자가 분명했다. 무엇을 찾기라도 하는지 방마다 확인하던 그가 잰걸음으로 집을 빠져나갔다. 동시에 숨을 죽이고 있던 차현과 내가 밖으로 나왔다. 서둘러 따라가려는데, 차현이 내 손목을 잡았다.

"뒤를 밟는 건 내가 하겠소."

"같이 가야지요."

"따르는 걸음이 많으면 들키기 쉽소. 여기 남아 없어진 물건이 있는지 살펴 주시오."

마지못해 고개를 끄덕이자 차현은 재빨리 침입자의 뒤를 따랐다. 하긴, 내 뒤도 며칠이나 밟았다고 하니 실력은 믿을 만하겠지.

부엌으로 들어가 여기저기 둘러보았으나 무엇이 바뀐 것인지 알아채기 어려웠다. 다른 그림 찾기라도 하듯 꼼꼼하게 봐도 짚이는 것이 없었다. 안방도 옆방도 그대로였다. 포기하고 나가려다 문득 경대가 떠올랐다. 다른 건 보지도 않고 두 번째 서랍부터 열었다. 머리카락이 쭈뼛 서는 게 느껴졌다. 여기 있어야 할, 깨진 옥비녀가 없었다.

"무슨 일이야?"

아직 잠이 덜 깬 지양이 물었다. 나는 대답할 새도 없이 지양을 끌고 나갔다.

10

왜 제 것이 아닌 것을 탐했을까요

약속은 하지 않았지만 일단 차현과 처음 만났던 주막으로 향했다. 소식을 바로 전할 수 없는 조선에서는 마냥 기다릴 수밖에 없었다.

지양은 중요한 장면을 놓친 것을 자책하고 있었다. 왜 거기서 잠이 들어서는. 그런데 이상하게 긴장되는 상황에서 더 잠이 오지 않아? 하고 묻는 지양에게 대충 고개를 끄덕여 주고는 골목 어귀만 뚫어지게 바라보았다. 오가는 사람들로 거리가 소란스러워질 무렵, 차현이 눈에 띄었다.

"중간에 놓쳤소."

"그럼 아무것도 모르는 거야?"

지양의 실망스러운 투정에도 차현은 표정 하나 바뀌지 않고 말을 이었다.

"놓칠 수밖에 없었소. 궁으로 들어갔으니까. 궁녀 아니면 생각시인 듯싶소."

"궁녀라, 너무 많은데. 기억할 만한 특징 같은 건 없었습니까?"

차현이 미간을 좁히고 정신을 집중했다. 나는 입을 떼려 하는 지양을 막고 참을성 있게 차현의 말을 기다렸다.

"귀가 조금 뾰족했던 것 같소. 그리고 걸음걸이가 살짝 기울어진 느낌이었는데, 오른쪽 발이 무거워 보였소."

그 길로 나는 차현, 지양과 헤어져 형수를 찾으러 갔다. 어떻게든 내가 보고 들은 모든 단서를 선하고 싶어 말이 자꾸 늘어졌다. 몸집은 크지 않고, 손끝에는 봉숭아 물 자국이 있었던 것 같고, 귀가 조금 뾰족하다 했고, 오른쪽 발을 절지도 모른다고. 그러고도 뭔가 더 말하지 못해 안달이 났다. 그런 나를 형수가 다독였다.

"그 정도면 충분하다. 오늘 아침에 궁문을 드나든 자를 모조리 조사해서 그자를 꼭 찾겠다. 그러니 걱정 마라."

그러면서 살짝 웃어 보이기까지 했다. 그 작은 미소에 불안이 걷혔다. 형수라면 꼭 그자를 찾고 범인도 잡을 수 있을 것 같았다.

그리고 내 생각은 틀리지 않았다. 다음 날, 형수가 궁녀를 체포해 의금부로 들어왔으니까. 나는 이번에도 곁방에서 듣기만 하겠다고 했다. 그는 조금 고민하다 시간을 두고 허락했다. 궁녀의 진술을 듣기 전이었으나, 형수는 이미 확신하는 바가 있는 듯했다.

곁방 쪽으로 돌아서던 나는 형수의 소매 안쪽에서 옥비녀가 슬쩍 비치는 것을 보았다.

"이미 증죄를 확보했으니 바른대로 고하라."

형수는 이 한마디를 끝으로 아무 말도 하지 않았다. 궁녀는 대답이 없었다. 침묵이 길어져도 형수가 그저 기다리기만 하자, 어느 순간 침묵 속에서도 계속 팽팽하던 긴장이 늘어졌다. 그리고 그때, 궁녀가 입을 열었다.

"이제 와 무슨 변명을 하겠습니까. 외간 남자와 내통하는 궁녀가 있다는 말을 들어도 남의 일이라고만 여겼습니다. 한두 번 인사만 주고받은 병사가 손수건을 건넬 때도 그 안에 다른 무엇이 들어 있으리라 상상조차 하지 못했습니다.

사람의 정을 잊은 지 오래라 메말라 있을 것이라 믿었는데, 오히려 쉽게 흔들리더군요. 가끔 외출이 허락된 날 얼굴을 보았습니다. 함께 식사를 하기도 했지요. 그리 특별난 건 없었습니다.

그런데 보직이 바뀌어 순라군으로 옮기면서 여기를 떠나자는 말이 부쩍 늘었습니다. 자세한 연유는 모릅니다. 알면 마음이 흔들릴 것 같아 묻지 않았으니까요.

곧, 무뚝뚝하긴 했어도 순하던 사람이 변하기 시작했습니다. 술이 늘고 가끔은 벽이나 바닥에 발길질을 해 댔습니다. 함께 떠나지 않으면 다 고하고 죽겠다고 협박도 하더군요. 어찌 두렵지 않았겠습니까. 비상은 제가 먹으려던 것입니다. 어렵게 구한 비상으로 이 답답한 삶을 모두 끊고 싶었습니다."

맥이 탁 풀리는 기분이었다. 더 알고 싶은 마음과 더는 알고 싶지 않은 마음이 함께 일었다.

"마음을 먹어도 실행하기란 쉽지 않았습니다. 그날, 누구와 싸우기라도 한 건지 유난히 화를 내며 들어오는 그 사람을 보고도 별다른 생각은 없었습니다. 끓여 놓은 국 앞에서 비상을 들고 잠시 망설였던 건 습관이었습니다. 그때 그것을 털어 넣었는지 아닌지 제대로 기억이 나지 않습니다. 허공에 대고 계속 무어라 욕을 해 대는 그와 다투고 싶지 않아 말없이 나왔습니다. 분명 그날 어떤 실랑이도 없었어요. 그런데⋯⋯."

궁녀가 잠시 말을 끊었다. 그리고 무언가를 탁자에 올려 두는 소리가 났다.

"어떤 실랑이도 없었는데 왜 그 옥비녀가 거기 떨어져 있었을까요. 참으로 이상한 일입니다. 그리고 저는 또 왜 그것을 찾으러 갔을까요. 그 비녀는 그에게서 받은 유일한 선물입니다. 어머니께서 쓰던 것이라 하더군요. 그러니까 그건 원래 그 사람 것이지 제 것이 아닙니다. 저는 왜 제 것이 아닌 것을 찾으려 했을까요. 왜 제 것이 아닌 것을 탐했을까요. 그것을 지금도 모르겠습니다."

사건의 마무리는 허무했다. 모든 범죄의 끝이 다 그렇겠지만, 남은 건 쓸쓸함뿐이었다. 형수는 진범인 궁녀뿐만 아니라 사건의 원인인 황 부장까지 잡아들였다. 그리고 뇌물과 관련이 있는 이

들 모두를 철저히 조사해 파직하고 벌했다.

물론 논산댁도 그중 하나였다. 초범이고 죄질이 나쁘지 않아 태형 열 대에 그쳤지만, 꾸려 놓았던 거래처를 다 잃어 제대로 일을 할 수 없게 된 것이 더 큰 벌이었다.

나는 형수에게 논산댁이 가지고 있던 비상의 출처를 물었다.

"논산댁이 체포되고 며칠 뒤에 그의 딸이 내게 와서 자신의 것이라 고했다."

"그걸 알고 계시면서도 논산댁을 의심하셨습니까?"

"말을 않는 연유가 있으리라 생각했지. 그래서 함께 입을 다문 것뿐이다."

무작정 차현의 집으로 향했다. 약속도 없이 불쑥 찾아가는 것은 예의가 아닌 줄 알지만 방법이 없었다.

"계신가요, 실례합니다."

내 말에 나온 건 차현이 아닌 논산댁이었다.

"어떻게 오셨소?"

"차현의 친우입니다."

그 말에 흐릿하던 논산댁의 눈에 빛이 들었다.

"친우? 차현이 친우가 있다고?"

빛은 곧 의심으로 바뀌었다. 아, 조선에는 남사친, 여사친 개념이 없나. 하지만 나는 차현과 친우가 맞는걸. 어떤 말로 설명을 해야 알아들을까. 밀려드는 생각에 입을 떼지 못하고 있는데, 논산댁이 일단 들어오라고 했다.

꽤 큰 채소상을 운영했다더니, 집은 무척 소박했다. 좋게 말해서 소박이지, 나쁘게 말하면 있는 게 없었다. 구두쇠라고 하더니 알려진 것보다 더한 것 같았다.

"형편이 이래서 내드릴 건 없고, 냉수라도 드시오."

감사하다고 고개를 숙이자 논산댁은 한숨을 길게 내쉬었다.

"살면서 차현이 친우가 있다는 말은 한 번도 들어 본 적이 없는데……. 사기꾼이오? 보시다시피 현재는 등쳐 먹을 것도 없소만."

묘하게 차현과 닮은 말투에 웃음이 새어 나왔다. 나는 차현과 처음 만난 때부터의 이야기를 털어놓았다. 수상한 눈빛을 거두지 않던 논산댁은 어느 정도 지나자 마음을 열었다.

그런데 너무 열어 버린 게 문제였다. 도대체 그동안 이 말들을 어떻게 참고 산 거지? 그가 태어나면서부터 지금까지의 인생 역정을 끊임없이 늘어놓는 바람에 나는 어두워질 때까지 그 집을 떠나지 못했다.

"그러면 뭐 하냐고. 이제 상단도 다 무너지고 내 인생도 무너졌는데. 차현이 고년은 매일 죽겠다고 난리더니 이제 소원 성취했네. 자진해 죽으나 굶어 죽으나 죽는 건 매한가지일 테니."

"아니, 왜 다 끝났다고 생각하십니까. 다시 시작하면 되지요."

"무슨 수로 다시 시작한단 말이오. 내 여태껏 익힌 것이라고는 상단 일 하나뿐인데 그동안 꾸린 거래처가 다 떨어져 버렸으니."

"도매가 안 되면 소매로 가면 되지요. 배달을 늘려 보는 게 어떻겠습니까?"

내 입에서 나왔는데도 어디서 어떻게 나왔는지 모를 말이었다. 일단 뱉어 놓았으니 빠르게 생각을 틔워 나가기 시작했다. 채소는 신선한 게 제일이니까 적은 양이라도 매일 배달 받을 수 있다면 주문이 늘지 않을까? 로켓 배송이나 새벽 배송처럼.

"동트기 전에 배달을 해 보면 어떨까요? 아침 짓기 전에 새벽 배송된 채소를 받아 보는 거지요."

"그건 품이 너무 많이 들지 않겠소?"

"수레를 사용하면 여인도 충분히 운반이 가능하리라 생각합니다. 전날 미리 배송 지역에 맞게 포장해 두고, 성문이 열리자마자 배달을 시작하면 어떻겠습니까."

내 말에 논산댁은 잠시 고민하더니 딱 한마디를 내놓았다. 될 것도 같소. 그리고 그 말을 끝으로 장부를 꺼내 무언가를 한참 생각하고 맞춰 보았다. 나는 그런 논산댁을 뒤로하고 집을 나섰다.

서둘러 저잣거리를 걷는데 누군가가 내 어깨를 잡았다.

"종일 어디 있었어? 한참 찾았잖아."

지양이 입술을 내밀고 투덜거렸다. 무슨 일이냐 물으니 작게 중얼거린다. 아니, 내기는 끝내야 하니까.

"이미 끝난 거 아니야? 우리가 함께 진범을 잡은 것으로."

"그래도 내 말이 맞았단 말이지."

"네 말?"

"떠도는 소문 중에 범인이 있었잖아. 역시 소문이 마냥 헛된 건 아니라니까."

사건이 벌어진 뒤 돈 소문 중 궁녀와의 내통 이야기도 있긴 했지. 생각을 이어가려 했으나 배 속에서 꼬르륵대는 소리가 들려 모든 게 끊겼다. 그러고 보니 오늘 논산댁의 집에서 겨우 냉수 한 잔 얻어 마셨지. 그런데 내기에 이겼으니 현상금을 받자고? 나는 아무것도 없이 휑했던 집을 떠올리며 고개를 저었다.

그때, 어디선가 엽전 꾸러미가 날아들었다. 지양이 깜짝 놀라 발치에 떨어진 것을 집어 들었다. 나는 주위를 두리번거렸다.

"내기 값이오."

차현은 대체 왜 매번 이렇게 갑자기 나타나는 거야. 진짜 미행이라도 다니나. 아, 나를 미행했나? 설마 내가 자기 집에 갔던 것도 아나?

나는 지양의 손에서 엽전 꾸러미를 빼앗아 다시 차현에게 돌려주었다.

"누구도 이기지 못했으니 값을 치를 필요는 없습니다."

"애써 주신 거 알고 있소. 감사의 뜻으로 드리는 것이오."

차현의 말투는 그 어느 때보다 누그러져 있었다.

"어머니가 아시면 난리 나실 텐데요."

"이것은 내 것이니 신경 쓰지 않으실 게요."

차현과 나는 여전히 팽팽했고, 지양은 우리 둘 사이에서 어쩔 줄 모르고 있었다.

"내기 값은 다음에 다른 것으로 받겠습니다. 그때까지 꼭 건강히 계십시오."

더 말이 이어지기 전에 지양을 데리고 돌아섰다. 지양은 여전히 울상이었으나 엽전은 포기한 듯했다.

툴툴대는 지양을 달래고 나니 더욱 허기가 졌다. 유난히 길게 느껴지는 하루에 발걸음이 무거웠다. 연시한테 가서 밥 먹고 아무것도 안 하고 누워만 있어야지, 하며 무작정 집으로 걸었다. 이제 현청루가 집으로 보인다. 새삼스레 시간이 쌓인 게 느껴졌다.

그런데 집 앞에 도착하자마자, 나는 내 계획이 틀어진 것을 알았다. 익숙지 않은 신 한 쌍이 문 앞에 놓여 있었으므로.

의심스럽게 신을 보다가 문을 열고 들어선 나는 놀라 모든 동작을 멈췄다. 여긴 어찌, 미처 말을 맺지 못하는 나를 보고 허천군이 빙긋 웃었다.

"어인 일이신지요. 말씀해 주셨으면 제가 찾아뵈었을 텐데."

"너와는 관계없다. 오늘은 이 아이와 나눌 것이 있었다."

"네?"

놀라움이 그라데이션으로 번져 갔다. 대체 무슨 말씀인지. 당황한 끝에 어버버대고 있는데 연시가 무언가를 허천군에게 내밀었다. 남성의 저고리였다. 그러고 보니 허천군이 복색도 제대로 갖추지 않고 엉성한 저고리만 걸치고 있는 게 보였다.

"개울가에서 뜯어진 소매를 저 아이가 꿰매어 주겠다 하여 잠시 들렀다."

맥락을 알 것 같다가도 모르겠네. 여전히 굳어 있는 나에게 허천군이 눈짓을 했다. 내가 바로 알아듣지 못하고 멍하게 있자, 그가 농담하듯 말했다.

"계속 그리 지켜보고 있을 터이냐. 내가 옷을 갈아입어야 할 게 아니냐."

연시는 어느새 벽을 향해 앉아 있었다. 대체 이게 무슨 상황이지? 나는 연시 옆에 앉아 귓속말로 무슨 일이냐 물었다. 하지만 연시는 입을 꾹 닫은 채 벽만 보고 있었다.

옷을 갈아입은 허천군은 나에게 입었던 저고리를 내밀었다. 네 것이라 하던데? 계속 반응이 늦던 내가 이번에도 겨우 알아채고 옷을 받아들자, 허천군이 말을 이었다.

"잠시나마 빌려 입은 보답을 하고프니 내일 저녁에 전각으로 오거라. 저 아이도 함께."

허천군이 나가자마자 연시를 붙잡았다. 도대체 무슨 일이야? 연시는 고개를 젓다가 아예 숙여 버렸다. 지금껏 연시가 내게 말하지 않은 것은 하나도 없었는데. 내가 밖으로 나도는 동안 대체 무슨 일이 벌어진 건지 짐작도 가지 않았다.

"별일 아니어요. 개울가에서 우연히 뵈었어요."

"우연히 만났는데 또 우연히 나리 소매가 뜯어져 있었고, 네가 굳이 그걸 꿰매어 드렸다고?"

말로 뱉어 보니 더더욱 이해가 가지 않았다. 감추지 말고 어서 말해. 나는 연시를 앞에 앉혀 두고 다그쳤다. 연시는 말 대신 한숨을 푹 내쉬었다. 그러더니 볼이 붉어졌다. 내 머릿속에 빨간불이 켜졌다. 비상! 비상! 이머전시라고!

연시는 오후에 빨랫감을 가지고 개울가로 갔다. 빨랫거리가 많지는 않아서, 날이 어두워지기 전에 서둘러 할 생각으로 사람이 붐비지 않는 곳에 자리를 잡았다.

유난히 때가 지지 않는 목둘레를 몇 번이고 반복해 헹구는 사이에 손수건이 개울 물에 떠내려갔다. 아씨가 아끼는 손수건인데! 급한 마음에 손을 내밀었지만 닿지 않았다. 연시는 발이 젖는 것에도 아랑곳없이 물속으로 들어가 손수건을 낚아챘다.

잡았다는 기쁨에 돌아서려는데 발이 미끄러졌다. 영락없이 빠지겠구나 싶어 눈을 꼭 감았다. 그런데 누군가의 손이 연시의 손목을 잡아끌었다.

휘청이다 겨우 중심을 잡고 서자 눈앞의 사람이 보였다. 눈이 마주치는 것과 동시에 고개를 숙였다. 눈을 바라봐서는 안 되는 존재. 하지만 손목은 여전히 잡힌 채였다. 연시는 함부로 손을 거둬들이지도 못하고 그대로 멈췄다.

허천군과 눈을 마주친 것이 처음은 아니다. 피해도 몇 번쯤 스치듯 시선이 닿았었다. 그래도 이렇게 노골적으로 마주한 것은 처음이었다. 손목에서 뛰는 맥이 너무 요란해 들킬 것 같아……. 잠시 뒤 허천군이 손을 놓았고, 연시는 그제야 숨을 내쉬었다.

"잡아라. 발밑이 미끄러울 것이다."

아무렇지 않게 내민 손을 잡을 용기가 연시에게는 없었다. 그러나 그 손을 피할 방법 역시 없었다.

연시는 손이 닿지 않도록 허천군의 소매를 조심스레 쥐었다. 허천군이 팔을 당겨 연시를 개울 밖으로 끌어냈다. 세게 잡지 않았다고 생각했는데 저도 모르게 꽉 움켜쥐었던 것인지, 물 밖으로 나와 보니 허천군의 소매 끝이 뜯어져 있었다. 허천군이 괜찮으냐 물었지만, 연시의 눈에는 뜯긴 소매만 보였다.

일단 꿇어앉아 조아렸다. 죄송합니다, 큰 죄를 지었습니다.

죄? 어리둥절하던 허천군은 그제야 자신의 소매 끝을 내려다보고 슬쩍 미소 지었다.

"그래, 아주 큰 죄를 지었구나. 어찌 갚을 것이냐?"

분명 떨고 있으리라 생각했는데, 들어 올린 연시의 얼굴은 말갛게 개 있었다.

"제가 꿰매어 드리겠습니다. 잠깐이면 되어요."

생각지도 못한 당찬 대답에 허천군이 웃음을 터뜨렸다.

어떤 상황이었는지 이해를 할 것 같다가도 설마, 하는 마음에 생각을 이어 나가기가 어려웠다. 그러는 사이 아침이 찾아왔다. 어쨌든 상황을 마주하는 수밖에 없었다.

안절부절못하는 나와 다르게 연시는 태연했다. 여느 때처럼 바느질을 하고 밥을 짓고 청소를 했다. 너무 아무렇지 않아서 허둥대는 내가 더 이상하게 느껴졌다. 아무것도 못 하고 멈춰 있는 동안에도 시간은 흘렀고, 어느새 저녁이었다.

전각에는 희요가 먼저 와 있었다. 오랜만에 보는 얼굴이 반가워 품고 있던 고민을 스르르 내려놓았다. 희요와 인사를 나누는 사이 형수가 도착했고, 악공들과 단까지 모두 모였다.

마지막으로 허천군이 왔다. 연시와 허천군의 얼굴을 재빨리 살폈으나 둘 다 아무렇지 않아 보였다. 어떤 기색도 읽어 낼 수 없었다. 곧 작은 연회가 시작되었고, 나는 허천군이 권하는 술 몇 잔에 취해 버렸다.

달이 높게 오르자 악공들은 먼저 물러갔다. 봄밤은 향긋했다. 바람에 실려 꽃향기가 날아들었고, 밤공기에 풀 내음이 묻어났다.

취기가 쉽게 가시지 않아 조용히 자리에서 빠져나와 연못가로 향했다. 차가운 물에 손을 담갔다가 가볍게 세수를 했다. 엷은 풀 벌레 소리가 들려 멍하니 앉아 있는데, 누군가 내 곁으로 와 앉았다. 희요였다.

"살인 사건을 해결했다지?"

"해결이라니요, 조금 도왔을 뿐입니다."

희요와 나는 나란히 앉아 잠시 말없이 있었다. 연못에 비친 달을 보자 문득 미래에 있을 내가 떠올랐다. 나는 아직 그곳에 존재할까. 아니면 사라져 버렸을까. 여기에 있는 나는 누구인가. 답이 없는 생각이 이어지는 동안, 구름에 달빛이 가렸다.

밤이 늦어서인지 술에 취해서인지, 생각지도 못한 말이 내 입에서 튀어나왔다.

"달은 지구의 위성입니다. 그래서 지구를 따라 돌기에 지구에서는 달의 뒷면을 볼 수 없습니다. 당주님도 아시지요?"

희요는 대답 없이 미소 지었다. 아무 말도 덧붙이지 않는 희요에게 뭔가 떠들어 대고 싶었지만, 어디서부터 어떻게 이야기를 시작해야 할지 막막했다.

"허천군 나리께서 요즘 부쩍 네 이야기를 많이 하시더구나."

"좋게 봐 주셔 다행입니다."

"나리는 곧 이곳을 떠나실 게다."

"네? 어디로요?"

"그건 너도 알고 있을 터이니, 잘 처신토록 하여라."

알쏭달쏭한 말속에서 무엇을 건져 내야 하는지 감이 잡히지 않았다. 여전히 몽롱했고, 졸리기도 했다. 방으로 돌아가려면 연시를 챙겨야 했다.

다시 전각에 다다랐을 때, 나는 고개 숙인 연시를 가만히 바라

보고 있는 허천군을 보고 멈춰 섰다. 저 고운 시선의 의미를 알고
자 하면 안 될 것 같았다. 그러나 반대로 그것을 연시에게 꼭 전해
주고 싶기도 했다.

　내 일이 아닌데도 마음이 아렸다. 조금 슬프기도 했다. 그리운
것, 바라는 것, 품어도 되는 것 그리고 절대 품어서는 안 되는 것
들 사이에서 길을 잃은 느낌이었다.

이런 일에 제법 소질이 있어서

고민이 깊어 얼마간 집에만 있는 사이에 날이 꽤 더워져 있었다. 오랜만에 이른 시간에 밖으로 나섰다. 평소 잘 가지 않던 마을 쪽으로 가는데 집집마다 사립문 밖에 작은 궤짝이 놓여 있는 게 눈에 띄었다. 어떤 것은 비어 있었고, 파나 무 같은 채소가 담겨 있는 것도 있었다.

호기심 어린 눈으로 한참 지켜보다 마침 지나가는 아낙에게 대뜸 이게 무엇이냐 물었다.

"논산댁이 배달해 주는 채소라오. 며칠에 한 번씩 받을 수 있으니 얼마나 편한지 몰라."

새벽 배송 한마디만 던졌을 뿐인데 벌써 그게 이렇게 발전했다고? 당황스러움을 넘어 경이로워지는 감정에 벅차올라 바로 논산댁의 집으로 향했다.

논산댁은 역시 쉬지 않고 일하는 중이었다. 채소를 종류별로 나누고 상자에 담는 일이 한 치의 흐트러짐도 없이 진행되고 있었다. 나는 감탄해 멍하니 바라만 보았다. 논산댁이 그런 나를 눈치채고 손을 흔들어, 그제야 인사를 건넸다.

"내 은인 이제야 오셨네."

"은인이요? 제가 뭘 했다고……."

"새벽 배송 덕에 내가 요즘 먹고산다오. 아, 이러고 서 있지 말고 얼른 안으로 드시오."

논산댁의 환대가 적응되지 않았다. 어색했다. 뚝딱대는 나 오랜만이네.

얼마 전에는 겨우 냉수 한 잔 얻어 마셨는데, 오늘은 진수성찬을 앞에 두고 있다. 흔히 보기 힘든 고기와 정갈하게 썰린 구절판까지 펼쳐지는 것을 보고 말을 잃었다. 어떻게 이 음식들이 다 준비되어 있었던 거지? 내가 먹을 복이 있나. 예전에 할머니가 그런 말을 했던 적이 있긴 한데.

"차린 건 별로 없지만 많이 드시오."

이건 과도하게 차린 상인데요. 애매하게 웃어 보이고 일단 고기부터 입에 넣었다. 양념도 별로 하지 않은 것 같은데 어떻게 이런 감칠맛이 나지?

감칠맛은 고기에서만 나는 게 아니었다. 채소도 유난히 달았다. 구절판에 놓인 당근, 오이, 숙주 모두 아삭거리고 단맛이 났다. 논산댁, 능력자였구나.

어느 정도 배가 불러지자 숟가락을 내려놓고 논산댁에게 그간
의 사정을 물었다.

"예전에는 양반댁이나 채소를 대어 두고 먹었지만, 요즘은 민
가에서도 원하는 이가 꽤 있다오. 최근에 채소전들이 채솟값을
제멋대로 올리는 중이라 오히려 내가 득을 봤소. 굳이 장에 가지
않아도 집까지 배달해 주니 동네 아낙들이 모두 반긴다오. 구역
을 제대로 나누기만 해 놓으면 배달은 짧은 시간 내에도 가능하
니, 새벽에만 배달해 주는 일꾼들을 쓰면 일이 수월하다오."

설명을 들으면서도 저게 저렇게 간단한 일이 아닌데, 싶었다.
내가 말도 꺼내지 않은 부분까지 알아서 체계를 세운 것을 보면
논산댁은 장사의 신이 분명하다.

"이제 제가 도울 건 없는 것 같고, 상단 이름을 지어 보는 게 어
떻겠습니까?"

"이름?"

"지금은 논산댁만 새벽 배송을 하고 있지만 금세 비슷한 방식
으로 배달을 하는 자들이 늘어날 게 아니겠습니까. 방식 자체를
모방하는 것은 어쩔 수 없지만, 상단 이름을 지어 두고 그것으로
부르면 사람들이 논산댁의 상단을 다른 상단들보다 먼저 떠올리
게 될 것입니다."

"좋은 이름이 있소?"

"논산댁 본명이 무엇이지요?"

"내 이름을 묻는 것이오?"

"네, 우리가 연이 긴데 서로 이름도 묻지 않았더군요. 저는 서경이라 합니다."

무슨 말이든 툭툭 내던지듯 하는 논산댁이었는데, 어쩐지 이름만은 쉬이 말하지 못하고 망설였다. 사정이 있겠지 싶어 채근하지 않고 기다렸다.

한참 우물쭈물하던 논산댁은 어렵게 뭐라고 말을 했다. 하지만 제대로 알아들을 수 없었다.

"뭐라고 하셨습니까?"

"……황가 아름이오."

"아름?"

"아비가 나무를 한 아름 안고 있는 태몽을 꾸었던 지라 그리되었소. 한자로 적을 수도 없고 괜히 남사스럽기도 해서 모두 논산댁으로만 알고 있다오."

"엄청 현대적이고 예쁘잖아요!"

나도 모르게 목소리가 높아졌으나 어쩔 수 없었다. 게다가 채소상에 잘 어울리는 이름이기도 하잖아. 모든 집에 매일 아침, 채소가 한 아름.

"'한아름 상회' 어떨까요? 각 집에 배달하는 상자에도 크게 적어 두는 겁니다. '한아름 상회의 새벽 배송'이라고. 그러면 지나가는 사람들에게 자연스럽게 홍보도 되고, 상자를 잃어버리는 일도 줄어들 게 분명합니다."

논산댁과 나는 당장 보이는 상자에 '한아름 상회'라고 적어 보았다. 반신반의하던 논산댁도 막상 글자가 쓰인 상자를 보자 마음에 들었는지 만족스러운 표정을 내비쳤다.

갈 채비를 하며 인사를 건네려는데, 갑자기 논산댁이 내 팔을 잡았다.

"혹시 차현이 본 적 있소?"

"한동안 보지 못했습니다."

"한집에 사는 나도 못 보는데 어찌 봤겠소. 온 김에 잠시 차현이 방에 들러 주겠소?"

나는 고개를 끄덕이고 논산댁이 가리키는 곳으로 갔다. 앞에서 보기에는 작은 집이었는데 돌아 들어가자 널찍한 뒷마당이 나왔다. 커다란 창고를 지나니 희미하게 불빛이 새어 나오는 방이 보였다. 차현의 방인 듯했다.

문고리를 잡아 톡톡 두드리고 안에 계시오? 저 서경입니다, 하고 말을 걸어 보았지만 안에서는 미동도 없었다. 잠시 기다리다 돌아서려는데, 문이 열렸다.

차현은 어찌 왔느냐, 무슨 일이냐 묻지도 않고 그저 나를 안으로 들였다. 반갑게 건넨 인사에는 짧은 목례만 돌아왔다. 어쩐지 민망해져 주위를 두리번거려 보았다. 작은 방에는 책상과 서랍장,

등만 놓여 있을 뿐이었다. 횅한 것을 넘어 황량하기까지 한 풍경에 쉬이 앉지 못하고 서성이자 차현이 방석을 밀어 주었다.

마주 앉아 제대로 본 차현의 얼굴은 가라앉아 있었다. 어떤 감정도 느끼지 않는 듯 차갑게 굳은 얼굴. 이유를 알 수 없었지만 무슨 일이냐 묻기도 어려웠다. 그래서 가벼운 이야기부터 시작했다. 저잣거리에 떠도는 소문부터 지양의 안부까지 전하자 차현도 조금씩 입을 열었다.

이야기가 한창 무르익어 갈 무렵, 조심스럽게 방에서 나오지 않는 이유에 대해 물었다. 차현의 낯빛이 순간 어두워졌다. 말을 잘못 꺼낸 것인가 싶었지만, 그래도 피하지 않고 차현의 눈을 응시했다.

"당신은 사내라 아무것도 모르오. 당신 이야기 속의 세상은 참 재미가 있소. 그런데 내 세상은 그렇지 않다오. 조선의 여인은 평생 방에만 머무르게 되어 있단 말입니다. 누구를 쉬이 만날 수도 없고 무슨 일을 할 수도 없지."

발끈해 당장 뭐라고 쏘아붙이고 싶었으나 간신히 참았다. 조선의 여인은 그럴지 모르지만 조금만 지나도 세상이 달라진다고. 아니, 이게 아니라, 나도 여자이지만 이렇게 살고 있다고.

머릿속에 두서없이 생각을 늘어놓다 잠시 멈췄다. 조선의 여인을 가장 편견 어린 눈으로 바라보고 있던 것은 다름 아닌 나였다. 그렇기에 한양에 올 때 망설임 없이 남장을 택한 것이다.

그런데 여기에 와서 본 여인들은 모두 삶을 스스로의 힘으로 꾸려 나가고 있다. 나보다 먼저 일자리를 잡아 나를 먹여 살린 연시가 그렇고, 현청루를 세워 기녀들을 키워 내는 희요가 그렇고, 새벽부터 채소를 배송하는 논산댁이 그렇다. 모두 자신만의 힘으로 자신의 자리를 굳건히 다지고 있다.

"내가 여기서 보고 겪은 조선의 여인들은 방 안에만 있지 않았소. 이제부터 당신도 방 밖으로 나가 봅시다. 혹시 해 보고 싶은 일이 있습니까?"

차현이 대답을 망설이는 사이, 나는 방구석에 놓인 수틀을 발견했다. 슬쩍 봐도 솜씨가 정교한 것을 알 수 있었다.

"수놓는 것을 좋아합니까?"

"무료해서 하는 것뿐이라오."

"그렇다기에는 아주 훌륭한데. 더 보여 줄 수 있습니까?"

내 말에 차현은 쭈뼛거리면서도 곁방 문을 열었다. 그 안에는 수 놓인 천이 가득했다. 차현의 수는 다채로웠다. 천에 그림을 그린 듯이 놓인 수도 있었고, 책처럼 글자를 수놓은 것도 여럿이었다. 마치 컴퓨터가 작은 수치까지 계산해 놓은 것 같이 정확하면서도 아름다웠다.

이건 분명 재능인데. 나의 계속된 감탄에 차현이 슬쩍 웃어 보였다. 나는 그 순간을 놓치지 않고 차현에게 제안했다.

"나와 같이 옷 짓는 곳에 가 봅시다. 뭐든 시작하는 것이오."

무턱대고 연시가 일감을 받아 오던 침가로 향했다. 어떤 확신도 계획도 없지만, 일단 부딪혀 보는 거지, 뭐.

분명 미래에 살 때의 나는 이렇지 않았는데, 여기서는 이상하게 용기가 솟고 뻔뻔함이 그 용기를 뒷받침해 준다. 이것이 인생 2회차의 여유인가?

다행히 내 근거 없는 자신감은 응답을 받았다. 침가 주인인 해주댁이 너무도 반갑게 우리를 맞아 주었으니까.

"연시 소개라면 믿을 만한 사람이겠지. 어서 들어오시오."

연시가 나 모르는 사이에 얼마나 훌륭하게 살았는지, 괜히 내가 다 뿌듯했다. 해주댁은 차현의 수를 꼼꼼히 살펴보고는 작은 일이라도 함께해 보겠소? 하고 물었다. 선뜻 대답하지 못하고 망설이는 차현 대신 내가 예스를 외치고 싶었지만 겨우 참았다.

너무나 길게 느껴진 몇 분 뒤, 차현은 고개를 끄덕였다. 그제야 채근하지 않고 기다리던 해주댁이 샘플로 보이는 저고리를 몇 벌 가지고 왔다.

"이 저고리 끝에 수로 받는 이의 이름을 새기고 있소. 옷을 하나하나 몸에 맞춰 만드니 기억하기 쉽게 임시로 이름 수를 놓았는데, 반응이 좋더군. 그래서 올해부터는 이름뿐만 아니라 호나 예칭 등도 새긴다오. 이 일을 맡아서 하는 아이가 있긴 한데 너무 게을러서……. 자네가 맡아 해 주면 좋겠소."

차현에게 꼭 맞는 일이었다. 차현은 알겠다고 말하며 웃었다.

"그러고 보니 주향이 애는 또 어디 갔어? 청아, 주향이 보았느냐?"

"못 본 지 오래요. 어디 구석에 가 또 졸고 있겠지."

해주댁은 혀를 차며 쌓여 있던 옷을 정리하더니, 그중 수를 놓아야 할 저고리들을 챙겨 차현에게 건넸다.

보따리를 챙겨 나오다 문 앞에서 누군가와 마주쳤다. 잠이 덜 깼는지 하품을 크게 하며 머리를 긁적이는 양이 좀 우스웠다. 그는 우리가 지나가고 나서도 문고리를 한 번에 잡지 못해 헛손질을 하다가 겨우 안으로 들어갔다. 그가 방금 해주댁이 얘기했던 주향이 아닐까, 하는 생각이 스치듯 들었다.

얼마 뒤 연시를 따라 침가에 갔더니, 마침 차현이 그곳에 있었다. 해주댁은 나를 바로 알아보고 차현에 대한 만족감을 드러냈다. 일을 얼마나 꼼꼼히 잘하는지 신경 쓸 거리가 줄어서 좋다, 필체도 여러 개 생겨서 손님들에게 제공할 것이 많아졌다 등등. 옆에 앉은 차현의 얼굴이 붉어질 정도로 칭찬 일색이었다. 차현의 표정도 전보다는 훨씬 환해 보였다.

한참 쉬지 않고 말을 늘어놓던 해주댁이 갑자기 벌떡 일어섰다.

"이럴 게 아니라 내 감사의 뜻으로 옷 한 벌 맞춰 주리다."

여자라는 사실을 들킬 것 같아 다급하게 거절했으나, 해주댁은 내 말은 들은 척도 않고 줄자로 팔 길이부터 재기 시작했다. 좋은 마음으로 선물하겠다는데 계속 거절하는 것도 예의에 어긋나는 일이라 그저 엉성하게 서 있었다. 어깨와 다리 길이를 잰 뒤 가슴 둘레를 잴 때는 긴장해 숨까지 참았다. 눈치챘을까? 궁금한데 물을 수도 없고. 잠시 멈칫거렸던 순간이 스치듯 있었지만 해주댁은 별말 없이 손을 거둬들였다.

"옷 디자인, 아니, 모양은 누가 잡으십니까?"

앗, 요즘 이곳에 익숙해져 말이 잘못 나오는 경우가 줄었었는데. 나도 모르게 미래 말이 튀어나와 내가 더 놀랐다. 다행히 해주댁은 개의치 않고 말을 이었다.

"당연히 제가 하지요. 이 손이 뭉툭해도 바느질도 곧잘 하고 옷모양도 잘 잡는다오. 그거 하나는 타고났지."

침가에 걸려 있는 한복들은 옷을 잘 모르는 내가 봐도 무척 아름답고 고왔다. 이름난 양반댁은 모두 이곳에서 옷을 맞춘다더니, 과연 그럴 만했다.

"그러고 보니 침가의 이름은 어떻게 됩니까?"

"침가도 이름이 있소? 그냥 침가지."

"그럼 해주댁 성함은 무엇이지요?"

"이름 말이오?"

해주댁이 잠시 말을 멈췄다. 신기하게도 이곳 사람들은 모두 이름을 말하는 것에 인색했다. 여자들은 그냥 '누구 엄마'로 불리는 경우가 많았고, 논산댁이나 해주댁처럼 태어난 곳의 지명에

'댁'을 붙여 불리기도 했다. 남자도 본명을 잘 대지 않았다. 호로 불리거나 직함으로 대신하는 것이 일반적이었다. 다들 자기 자신을 이름으로 소개하지 않았고, 서로를 이름으로 부르는 일도 적었다. 반대로 직업이 이름이 되는 경우는 너무도 많았다. 대충 성으로만 불리는 일도 잦았다.

나는 그들의 이름이 궁금해졌다. 알고 싶었고, 부르고 싶었다.

"조현덕이오."

"좋은 이름이네요. 그것으로 브랜드 네임, 아니, 침가 명칭을 만들어 보는 게 어떻겠습니까."

오늘따라 왜 이렇게 실수가 많은 거야. 차현이 들고 있는 바늘로 입을 꿰매어 버리고 싶은 심정이었다. 내가 아는 패션에 관련된 말은 대부분 외래어나 외국어이다 보니 자꾸 잊고 있었던, 그러나 익숙한 단어들이 튀어나왔다.

나는 에라 모르겠다 하고 내 안에 있는 말들을 전부 쏟아 내기 시작했다. 이상하게 봐도 어쩔 수 없지, 뭐.

"옷을 만든 사람의 이름을 로고, 아니, 표식으로 만들어 붙이는 것입니다. 그림에 낙관과 인장을 찍듯이 이건 조현덕이 만든 옷이다, 하고."

해주댁은 알쏭달쏭한 표정이었다. 디자이너인 코코 샤넬이나 크리스티앙 디오르처럼 이름 자체가 브랜드가 되는 세상이 곧 오는데, 내겐 그것을 설명할 능력이 부족했다.

"꼭 이름 석 자를 쓸 필요는 없고, 이름을 바탕으로 표식을 만드는 거죠. 그 표식만 봐도 이게 어디서 누가 만든 옷인지 알 수 있도록. 홍보에도 분명 도움이 될 것입니다."

해주댁은 여전히 모르겠다는 표정이었으나 차현이 먼저 고개를 끄덕이며 말했다.

"제게 며칠만 주십시오. 여러 모양으로 수를 몇 개 놓아 가져오겠습니다."

어째서 차현이 내 말을 알아들었는지 알 수 없지만, 어쨌든 좋은 건 좋은 거다. 얼떨결에 해주댁이 고개를 끄덕였고, 일은 진행되었으니.

"주향아, 주향아!"

해주댁이 몇 번이나 주향을 불렀으나 이름의 주인공은 나타나지 않았다. 대신 지나던 다른 이가 들어와 대답했다.

"주향이 오늘도 안 나왔소."

"아, 자꾸 잊네. 오늘로 며칠째지?"

"사흘째요. 이런 일은 없었는데."

해주댁의 얼굴에 근심 어린 그늘이 졌다.

"누가 없어졌습니까?"

"주향이라고 여기서 일하는 아이입니다. 좀 게으르기는 해도 며칠씩이나 안 나온 적은 없어서, 이제 좀 걱정이 되는구려."

"집을 알려주시면 제가 찾아보겠습니다."

"네?"

"지어 주신 옷값은 그것으로 대신하겠습니다. 저는 이런 일에
제법 소질이 있어서요."

사라진 말과 글이 머무는 곳

연시와 함께 주향의 집을 찾아가는데 차현이 말도 없이 뒤를 따랐다. 차현의 집은 분명 반대편인데. 설마 따라오는 건가 싶어 물으니 말을 잃게 하는 대답이 돌아왔다.

"내가 미행, 잠행, 사건 해결에 소질이 있는 건 이미 알고 있지 않소?"

우리가 동업을 하고 있었던가? 살짝 갸웃했지만, 틀린 말도 아니어서 함께 발을 옮겼다.

주향의 집은 인적이 드문 골목의 끝 집이었다. 해가 잘 들지 않아서 낮인데도 내부가 어둑했다. 사람의 기척이라고는 느껴지지 않는 집을 향해 안에 계시오, 하고 외쳐 봤지만 돌아오는 답은 없었다.

비스듬히 열린 문을 지나 안으로 들었다. 살림은 단출했다. 밥을 잘 지어 먹지 않는 것인지 솥은 바짝 말라 있었고, 아궁이에도 재만 가득했다. 방에는 별다른 가구 없이 바닥에 옷감만 잔뜩 쌓여 있었다.

"귀한 옷감인데 이리 함부로……."

연시가 시키지도 않은 정리를 시작했다. 연시의 손길 몇 번에 방이 깨끗해진 걸 보고 또 감탄하고 말았다. 역시 재능은 무시할 수 없다니까.

홀로 무언가를 찾던 차현이 밖에서 외쳤다. 이리 나와 보시오! 차현은 창고 옆 작은 길에서 내게 손짓하고 있었다.

한 사람이 겨우 지나갈 법한 좁은 통로를 지나자 곁방이 나왔고, 그 안에는 수많은 책이 있었다. 그리고 널린 종이마다 빼곡히 글씨가 적혀 있었다. 그것도 한자가.

평민 여성이 한자를 사용하는 일은 드물다. 아니, 거의 없다고 해야 옳을 것이다. 주향이라는 자에 대해 많이 듣지는 못했으나 그가 글을 안다거나 쓸 수 있다고는 아무도 생각지 않을 터다.

훈민정음도 아니고 한자를 쓴다는 건 어려서부터 글공부가 깊었다는 뜻인데. 나는 순수하게 호기심이 일었다. 주향이라는 사람은 어떤 자일까.

주향이 옮겨쓴 듯한 책 몇 권과 종이 몇 점을 가지고 나왔다. 궁금한 건 일단 지양에게 가져가면 실마리를 잡을 수 있다.

지양은 책을 몇 번 넘겨 보더니 나를 장거리 끝에 있는 세책점

으로 안내했다. 세책점 주인은 책을 건네자마자 글씨의 주인을
바로 알아챘다.

"이거 유진홍이 글씨인데?"

유진홍이요? 하고 되묻자 그는 별다른 경계 없이 말을 이어 나
갔다.

"남촌에 사는 선비인데, 작년까지는 우리 일도 꽤 했지. 그러고
보니 올해는 통 보질 못했네. 한자 잘 쓰는 서수라 일감이 많을 터
인데. 그런데 진홍은 왜 찾소?"

"아, 저도 서수 일을 맡길 사람을 찾는 중이었습니다. 알려주셔
서 감사합니다."

대충 말을 얼버무리고 밖으로 나왔다. 주향은 유진홍이라는 가
명으로 성별, 신분, 이름을 속이고 서수 일을 하는 중이었다. 남촌
은 주로 몰락한 가문의 선비들이 사는 곳이니, 가상의 인물이 되
기 좋은 환경이다.

"왜 주향은 이름과 성별까지 바꾸며 서수 일을 했을까?"

내 물음에 지양은 가볍게 답했다.

"돈이 필요해서가 아닐까."

"돈?"

"여러 일을 한꺼번에 하는 사람은 대부분 돈이 필요하니까."

"혼자 살아 부양할 식구도 없어 보였는데."

"돈이 필요한 이유는 그것 외에도 많지."

그렇지, 하고 천천히 고개를 끄덕이는데 지양이 뭔가 생각난 듯 내게 물었다.

"사라진 날이 언제라고 했지?"

"오늘로 엿새째라고 했어."

"엿새 전에 무슨 일이 있었는지 생각해 봐."

우리는 순간 눈을 마주쳤다.

"별시!"

몇 년 만에 열린 별시였기에, 며칠 전까지 장안은 시험을 치려는 자들과 장사를 하려는 자들이 모여 북새통을 이뤘다. 서수로 활동하는 주향이 이런 기회를 놓칠 리 없었다. 과거 시험에서의 부정행위는 공공연하게 이루어진다. 특히 별시는 더 심할 터다. 주향의 행적을 좇으려면 이것보다 더 좋은 시작이 없다.

지양과 나는 자연스럽게 서로가 할 일을 나누었다. 아무렇지 않게 떠나려다 나는 멈칫했다.

"그런데 이번 일에는 걸린 돈이 없어."

지양은 내 말을 듣고 잠시 망설였다.

"그래도 할게, 이번엔."

"이것도 돈이 되는 이야기야?"

"그건 알 수 없지."

"넌 왜 그렇게 돈이 필요한 건데?"

"그냥, 살기 위해 필요한 거야. 살아남기 위해."

문득 내 물음 자체가 바보 같다는 생각이 들었다. 자본주의 사회가 아니라도 생존을 위해서는 돈이, 쌀이 꼭 필요하다. 조선의 사람들은 살아남기 위해 누구보다 열심히 일하며 바쁘게 지낸다. 그런데도 많은 이가 가난하고 어렵다.

그런가 하면, 이 시대에도 누군가는 사치를 하고 여유를 부린다. 당연한 것이지만 가끔은 이해가 되지 않았다. 내가 아직 어려서 모르는 걸까. 이에 대한 답을 가진 자가 어딘가에 있을까.

다음 날, 동이 트자마자 남촌으로 향했다. 아무래도 남촌에 사는 선비라는 말이 마음에 걸렸다. 거짓을 꾸며 낼 때도 어떤 단서가 있기 마련이다. 떠도는 말에 출처가 있는 것처럼, 문득 나온 말에도 보통 그럴 만한 출처가 있으니.

남촌 어귀에 들자마자 한아름 상회라 적힌 배달 상자들이 눈에 띄었다. 논산댁이 벌써 남촌까지 배달 지역을 확장했구나. 진짜 추진력 하나는 알아줘야 한다니까. 내 일이 아닌데도 괜히 기분이 좋아져 콧노래를 부르다 한아름 상회 상자를 끌고 가는 배달원을 불러 세웠다.

"실례지만 말 좀 묻겠습니다. 혹시 유진홍이라는 선비가 사는 집을 아십니까. 이 근처라고 들어서."

배달원은 쉽게 대답하지 못하고 미간을 좁히다 무언가 생각난 듯 입을 뗐다.

"유진홍이라는 자는 모르겠고, 저 골목 끝으로 가면 유씨 가문이 몇 집 모여 있습니다."

나는 감사 인사를 건네고 곧바로 그가 가리킨 곳으로 걸었다. 역시 길을 모를 때는 택배 기사나 배달원에게 물어보는 게 최고라니까.

골목 안쪽에 있는 집들은 대부분 담장이 낮았다. 그리 넓지 않은 집들 너머로 밥 짓는 냄새가 풍겨 왔다. 몇몇 집을 기웃거려 보았으나 느낌이 오는 집이 없었다.

두어 번 골목을 배회하다 유난히 인기척 없는 집을 발견했다. 담은 낮은데 유독 사립문이 굳게 잠겨 있는 집. 탐정의 촉이 발동했다. 바로 여기라고.

안에 계십니까, 하고 물었지만 역시 돌아오는 대답은 없었다. 집 주위를 한 바퀴 도는데 담장이 허물어진 구석이 보였다. 얼마 전 큰비가 왔을 때 무너진 것 같았다. 나는 다시 한번 유진홍 선비 계십니까, 하고 크게 물었다. 담을 넘어갈까 말까 망설이는 사이, 생각지도 못한 답이 들려왔다. 뉘신지 모르나 안으로 드시지요.

잔뜩 경계하며 방문을 빼꼼히 열었다. 이부자리 끝과 맞닿은 문이 삐걱이는 소리를 냈다. 목소리의 주인은 이부자리에서 간신히 고개만 들어 올린 채였다. 얼른 그를 부축해 일으켜 앉혔다. 그는 밭은기침을 몇 번 하더니 안정을 찾은 듯 나를 쳐다보았다.

"선비님이 유진홍 씨 되십니까."

"그렇소만, 어찌 나를 찾는 것이오?"

오래도록 앓은 목소리였다. 모르긴 하지만 저 이불 안에 숨어 있는 몸은 이 방을 벗어나기 힘들어 보였다.

"혹시 주향이라는 여인을 아십니까."

"내 누이요."

그 한마디에 거짓이 한 꺼풀 벗겨졌다. 주향은 동생 이름으로 서수 일을 하고 있었군. 여인은 서수로 활동하기 힘들고 동생이 바깥 활동을 하기도 어려울 테니.

방에는 별다른 세간도 가구도 없었다. 탁자 위에 약재가 든 봉투만이 나란히 놓여 있을 뿐이었다. 주향이 왜 돈이 필요했는지 더 알아볼 필요도 없었다. 누군가가 꽁꽁 잠가 둔 다락방 문을 연 것 같은 기분이었다. 그 어둡고 습기 찬 공간에서 발을 빼고 싶기도 했고, 한편으로는 그 문을 더 활짝 열어 빛이 들게 만들고 싶기도 했다.

"실은 누이를 찾는 중입니다. 벌써 며칠째 행방을 모릅니다. 혹시 갈 만한 곳이 있다면 알려 주시겠습니까."

그는 내가 이미 다녀온 세책점과 침가 그리고 주향의 집을 알려주었다. 그리고 잠시 사이를 두고 인왕산 중턱에 무슨 암자가 있는 것 같은데 그곳은 정확지 않다는 말을 덧붙였다. 몇 마디 나눈 것만으로도 힘에 부친 것이 느껴져 미안할 지경이었다.

"네, 감사합니다. 반드시 누이를 찾겠습니다. 그런데 누이가 없어졌는데도 별로 놀라지 않으시네요."

"언젠가는 이런 날이 올 것을 알고 있었으니까요. 저는 누이가 도망치기를 바랍니다. 저로부터, 이 집안으로부터 멀리."

13

허생을 만났다?

무작정 인왕산을 찾은 건 어떤 확신 때문이 아니었다. 지푸라기라도 잡아 보고 싶은 심정에 가까웠다. 진홍 말대로 주향이 일부러 몸을 숨긴 것이라면 굳이 찾을 필요가 없다. 그러나 이대로 손 놓고 있을 수만은 없었다. 그가 안고 있을 어둠과 거짓의 무게를 조금이나마 덜어 주고 싶었다. 원래 내가 이렇게 남 일에 참견을 잘했나. 괜한 일을 하는 걸까. 많은 생각이 들었지만 걸음은 멈추지 않았다.

넓고도 높은 인왕산을 마냥 헤맬 수는 없어서 지나가는 사람을 붙잡고 중턱에 있는 암자를 아느냐 물었다. 다들 잘 모르겠다는 말로 지나치는데 누군가가 뒤에서 나를 불렀다.

"혹시 허 선생을 찾는 중이오?"

허 선생이 누군지는 모르지만, 단서가 될 것이 분명한 이름이었다. 나는 일단 고개를 끄덕였다. 그는 마침 자신도 그쪽으로 가는 길이니 안내해 주겠다고 했다.

그가 왜 허 선생을 찾아가느냐 묻는데 딱히 대답할 말이 없어 얼버무렸다. 그러자 그는 과거 시험 준비하시오? 아직 어려 뵈는데. 하긴 그때부터 시작해도 이르지 않지. 요즘 과거 시험은 시간과의 싸움이니까. 지금부터 시작해도 십 년은 훌쩍 흘러갈 거요, 하며 홀로 말을 이어 나갔다. 나는 적당히 맞장구를 쳐 주며 말속에 흩뿌려진 정보를 모았다.

"자, 여기서 이 길을 쭉 따라가면 암자가 나올 것이오."

감사 인사를 하자 그는 별것 아니라는 듯 내 어깨를 툭툭 치고는 위쪽으로 올라갔다. 좁고 험한 길을 꽤 걸어 들어가니 드디어 암자가 눈에 띄었다. 사립문이 활짝 열린 것으로 보아 출입하는 자들이 많아 보였다.

마당을 쓸던 아이가 쭈뼛거리는 나를 발견하고 걸어왔다. 무슨 일이시지요, 하고 말을 걸어 허 선생님을 뵈러 왔다고 대답했다. 그러자 아이는 나를 깨끗이 정리된 곁방에 두고 잠시 기다리라며 나갔다.

그러나 잠시는 잠시가 아니었다. 기다림의 시간이 너무도 길어져 슬쩍 화가 나려던 무렵, 누군가가 들었다.

"무슨 일이오."

인사도 소개도 없이 대뜸 용건부터 묻는 태도가 거침없었다.

이런 자에게는 나도 똑같이 굴어야 불리해지지 않지.

"유진홍이라는 자를 아실 겁니다. 그를 찾으러 왔습니다."

미끼도 없이 낚싯대를 드리운 나를 보고 허 선생은 픽 웃었다.

"나는 그이를 모르는데?"

"아니, 선생님은 그를 알고 계십니다. 제가 유진홍이라는 이름을 입에 올릴 때 선생님의 눈썹이 잠시 들썩였습니다."

"그게 내가 그를 안다는 증거냐."

"사실 잘 모르겠습니다. 하지만 왠지 선생님이 그를 알고 있다는 생각이 듭니다. 이건 탐정, 아니, 저만의 촉입니다."

허 선생은 호탕하게 웃었다.

"나는 허생이다. 내 직업은 알겠지? 네가 말해 보아라."

시험인가. 뭐든 대답해야 뭐라도 얻을 수 있겠지.

"거벽이시겠지요. 유진홍은 선생님 밑에서 일하는 서수일 것이고요."

솔직히 확신은 없었다. 그냥 뭐라도 말해야 할 것 같아 아무렇게나 늘어놓은 추리였다.

그런데 방금 허생이랬지? 허생…… 뭔가 익숙한데. 설마 박지원이 쓴 소설 「허생전」에 나오는 그 허생인가. 그 소설이 실존 인물을 바탕으로 지은 거였어? 아니지, 성 하나 같다고 그런 억측을 하는 건 무리지.

나는 고개를 저으면서도 내가 아는 소설 속 허생과 지금 내 눈

앞에 있는 허생이 같은 인물일 것이라는 생각을 떨칠 수 없었다.

"진홍은 관아에 잡혀 있을 것이다."

"네? 관아라고요?"

"별시 자리에 꽉 막힌 관리가 하나 있었다는구나. 다른 이들이야 잡혀갔어도 뇌물을 주고 며칠 사이에 풀려났을 터인데, 진홍이 고집을 부렸겠지. 한두 푼 아끼는 것으로 큰 재물을 얻을 수는 없다고 누누이 말했거늘."

주향은 한두 푼을 아끼고 싶었던 거지, 큰 재물을 벌어들이고 싶은 생각은 없었을 것이다. 누군가에게는 고작 한두 푼일지라도 다른 누군가에게는 크게 느껴질 수 있으니. 그래도 잠자코 허생의 말을 듣고만 있었다.

"너는 진홍과 꽤 닮았구나. 그 아이도 여기에 올 때 항상 남장을 했지."

남장을 들켰구나. 눈 밝은 이들을 속일 수 없다는 것을 알아도, 이렇게 까발려지는 순간에는 말을 잃게 된다.

"진홍은 꽤 똑똑한 아이지. 그러나 크게 되기는 글렀다. 그 아이는 걸친 옷이 너무 많아. 거추장스러워서 어디로도 나아가지 못할 것이다."

진홍에 대한 평가였지만 내 이야기로 들리기도 했다.

"진홍을 찾으면 말해 주어라. 네게 맡길 일은 이제 더 없다고."

산에서 내려왔을 때에는 이미 날이 어두워져 있었다. 당장 주향을 찾을 수도 없어서 온몸에 힘을 빼고 천천히 걸었다. 빨리 집에 들어가 눕고 싶었으나, 걸음을 재촉할 기운도 없었다.

허생의 말이 머릿속을 돌고 돌았다. 제대로 대화 한번 나누어 본 적 없는 주향의 비밀을 너무 많이 알아 버렸다. 허생은 주향이 관아에 잡혀 있을 것이라 했지만, 나는 그가 어딘가로 떠났기를 바랐다. 진홍의 말대로 주향과 진홍이라는 이름을 모두 버리고 멀리 떠나갔기를.

"고개가 곧 바닥에 닿겠구나?"

놀리듯 말을 거는 반가운 목소리. 허천군이었다.

"어찌 여기 계십니까?"

"내가 못 갈 곳이 있느냐."

"아니, 나리가 못 갈 곳이 어디 있겠습니까."

허천군은 웃음을 지었지만, 그 웃음 끝이 쓰게 느껴졌다.

"무슨 근심이 있느냐. 코가 빠져서 땅에 떨어질 것 같던데."

"나리, 여인은 글을 배워서는 안 됩니까?"

괜히 성난 말투가 나왔다.

"안 될 일은 아니지. 글을 배우면 안 되는 자는 없다. 그러나 반드시 모두가 글을 배워야 하는 것도 아니지. 꼭 배워야 하는 자만 배우면 된다."

나는 삐죽대던 입을 넣고 가만히 허천군을 뒤따라 걸었다.

"이번 별시에서도 부정행위가 많았지요? 왜 그렇게 두는 겁니까. 크게 벌해서 뿌리를 뽑아야 하는 것 아닙니까."

"크게 벌하면 뿌리가 뽑힌다느냐?"

허천군은 내내 미소를 띠고 있었다. 왠지 그럴수록 내 마음속은 꼬여만 갔다. 뭔가 잘못되고 어딘가 억울한 것 같은데, 그게 대체 무엇인지 알 수 없었다.

"공정하지 못하잖아요."

"부정행위만 없애면 공정해지느냐?"

대답할 말을 찾지 못해 입을 꾹 닫은 내 곁으로 허천군이 다가왔다.

"과거제 자체가 이미 공정하지 않지. 세상은 본시 공정하지 않다. 네 세상은 어떠냐. 그리고 왕의 동생인 내 세상은 공정해 보이느냐."

오늘따라 허천군은 내가 대답할 수 없는 것만 물었다. 잘 모르는 내가 보기에도 허천군의 세상은 공정하지 않다. 하루아침에 영문도 모를 사건으로 가족을 잃은 나, 태어날 때부터 내 몸종인 연시, 기루를 운영하면서 늘 뜬소문에 시달리는 희요, 백성들을 위해 일하면서도 모습 한번 드러낼 수 없는 허천군. 우리 중 대체 누구의 세상이 공정할까. 누가 넘치고 누가 모자란 걸까.

"사람 하나를 찾는 중입니다. 제가 그 과정에서 조금 부정한 일을 하게 될지도 모르겠습니다. 괜찮을까요?"

"정당하고 올바르게 행하는 것은 무척 중요하다. 허나 모든 일을 그렇게 처리할 수만은 없지. 언젠가는 부정을 경험하게 되겠지만, 그날이 네게는 하루라도 늦기를 바란다. 다른 방도가 있는지 좀 더 고민해 보아라. 내 도움이 필요하면 찾아오고."

달라진 건 아무것도 없었지만 어쩐지 마음이 편해졌다. 뜬구름 잡는 이야기만 늘어놓아도 허천군은 그 안에 담긴 것을 훤히 들여다보고 있는 것 같았다.

걸음을 옮기는 사이 현청루 앞에 다다랐다. 나를 마중 나온 연시의 모습이 보였다. 연시는 크게 손을 흔들다 허천군을 발견하고는 고개를 숙였다.

"연시야."

단지 이름을 부른 것뿐이었다. 내가 수없이 부르던 그 이름. 하지만 허천군이 부르자 이름의 빛과 향이 달라졌다. 연시라는 이름이 이리도 고왔던가.

그저 이름만 부른 것인데도 허천군의 고백을 들은 것처럼 볼이 붉게 달아오르는 연시. 아니, 이건 고백이 맞지. 마음이 담긴, 사랑이 가득한 음성에 나까지 벅찰 지경이었다.

"약속한 침의는 다 지었느냐."

"아직 조금 남았습니다."

"다 짓거든 부르거라."

허천군이 간 뒤, 연시는 다 지어진 침의를 붙잡고 몇 번이나 바느질을 뜯고 고쳤다. 나는 그런 연시에게 아무 말도 하지 않고 자는 척만 했다. 잠이 오지 않는 밤이었다.

다음 날, 아침 일찍 일어나 수중의 돈을 모두 가지고 나왔다. 그래 봤자 얼마 되지 않는 액수였고 이것으로 뭘 할 수 있을지도 몰랐다. 그냥 그것이 내가 생각할 수 있는 최선이었다. 발길이 계획 없이 관아 앞에 닿았지만, 여전히 답은 나오지 않았다. 허천군에게 부탁할 걸 그랬나. 하지만 어떤 부탁을 어떻게 해야 주향을 찾을 수 있을까.

나는 이번 일을 시작한 이유가 무엇인지 다 잊어버렸다. 남은 건 간절함뿐이었다. 그러나 도대체 무엇을 위한 간절함인지 알 수 없었다. 모르는 가운데 서성일 뿐이었다.

"어인 일로 여기 있느냐."

내게 반가운 듯 말을 건 이는 형수였다. 형수를 만난 건 무척 오랜만이었다. 사람을 찾으러 왔다는 내 말에 형수는 의아한 얼굴로 여기에? 하고 되물었다. 별시 때 부정행위를 한 자 중 하나인데 계속 돌아오지 않아 혹시 어딘가에 잡혀 있을까 싶다고. 가족이 기다리고 있어 소식만이라도 알고자 한다고. 정리도 없이 우수수 늘어놓은 말에 형수가 고개를 끄덕였다.

"그래, 그자의 이름이 무엇이냐."

"유주향, 혹은 유진홍입니다."

"내 찾아보고 기별해 주마."

바로 돌아서려는 형수를 붙잡았다. 형수는 더 할 말이 있느냐, 하고 물었으나 입이 쉽게 떨어지지 않았다. 한참을 망설이다 엽전이 든 주머니를 형수 앞에 내밀었다.

"혹시 뇌물을 요구하거든 이것을 주십시오. 저는 꼭 그이를 찾아야겠습니다."

"시험장에서의 부정행위는 그리 큰 죄가 아니라 이미 풀려났을 가능성이 크다."

"그게 큰 죄가 아니라고요?"

"당장 죽고 사는 문제가 아니니."

"어찌 그리 말할 수 있습니까, 그것도 종사관님께서. 과거 시험을 준비하기 위해 다들 인생을 바쳐 열심인데. 그곳에서의 부정이 별일 아니라고요?"

나도 모르게 발끈해 버렸다. 아무리 제도 자체가 불공정하다고 해도 과정은 공정해야 하지 않을까. 왜 이런 중요한 문제를 별것 아닌 것처럼 넘어갈까. 작은 일부터 바로잡아야 큰일도 바로 서는 것인데.

바락바락 대들고 싶은 것을 겨우 참고 씩씩대자 눈물이 차올랐다. 목으로 치받는 울음을 삼키고 마음을 가다듬었다. 이렇게 흥분할 일이 아닌데…….

"그래, 네 말이 맞다. 내가 실언했다."

형수는 너무도 아무렇지 않게 자신의 잘못을 인정했다. 덕분에 나는 또 말을 잃고 말았다.

"그렇다 해도 뇌물은 아니 된다. 그것은 또 다른 죄를 짓는 일이 될 터이니."

형수는 관아 안으로 들어가고, 나는 그 앞에 남았다. 내가 방금 한 말, 형수에게 내밀었던 주머니 그리고 내 모습 자체가 너무도 초라하게 느껴졌다.

14

아껴서는 안 되는 것을 아끼기 위해

　어깨를 늘어뜨리고 현청루로 돌아왔는데, 빨래를 너는 희요와 마주쳤다. 어찌 이런 일을 하고 있느냐는 내 물음에 희요는 웃으면서 답했다.

　"빨래는 누구나 하는 일이 아니냐."

　"그래도 당주께서 이런 허드렛일은 안 하시는 줄 알았습니다."

　"허드렛일? 집안일은 꼭 필요하고도 중요한 일이란다."

　내가 집 안에서 이뤄지는 일들을 하찮게 느끼고 있었던가. 오늘은 내내 부끄러운 일투성이다. 조용히 희요 옆으로 다가가 남은 빨래를 함께 널었다. 해가 좋고 바람이 시원했다.

　빨래를 다 널고 희요와 둘이 평상에 앉았다. 빨래처럼 내 마음도 가볍게 마르기를 바라면서 가만히 하늘만 쳐다봤다.

　"탐정 일은 잘되어 가고 있느냐."

"놀리지 마십시오."

나의 뾰루퉁한 반응에 희요가 소리 내어 웃었다.

"나는 네 나이 때 다른 이의 일에 그리 나서지 못했다. 오로지 나만 위했지. 네가 나보다 낫구나."

놀림에는 대꾸할 말이 있었는데, 오히려 칭찬에는 대꾸할 말이 없었다. 부끄럽고 민망했으나 뿌듯함도 일었다. 예전에는 나 이외의 것들을 생각지 못했는데 나 아닌 이들을 아끼게 되면서 내 안의 무언가가 조금씩 달라지고 있었다.

"당주님은 이곳에서 도망치고 싶었던 적이 없으십니까?"

"나는 이미 한 번 도망쳐 이곳에 닿은 것이다."

예상치 못한 대답에 내 눈이 커지자 희요는 웃음기를 머금고 말을 이었다.

"남들이 보기에는 꽤나 많이 가졌다고 할 만한 삶이었는데 어째서 그렇게 권태로웠는지. 내 손에 들어오는 것에도, 빠져나가는 것에도 아무런 흥미가 없었단다."

"그래서 어찌하셨습니까."

"죽었지."

"네?"

놀라서 말을 잇지 못하는 나를 보고 희요가 다시 소리 내어 웃었다.

"죽었고 다시 태어났다. 다시 태어나니 내가 가진 게 영 딴판이

156

라서 괴로웠는데, 살다 보니 살아지고 적당히 재미도 있더구나."

희요의 말이 비유인지 실제인지 헤아리기 어려웠다. 희요는 여전히 알 듯 말 듯한 미소만 짓고 있을 뿐이었다.

죽었고 다시 태어났다. 그 말을 한참 곱씹어 보았다. 나는 죽어서 이곳으로 온 걸까. 이건 다시 태어났다고 말할 수 있는 것일까. 내가 가진 기억은 사실 환상 같은 것이 아닐까. 밀려드는 생각 속에서 발밑이 꺼지는 느낌이었다. 내가 서 있을 곳이 어딘지, 내 자리가 어딘지, 내 이름이 무엇인지, 내가 누구인지. 어느 하나 답할 수 없었다.

그러나 답이 없는 가운데에서도 나는 살아가야 했고, 어떻게든 해답을 찾아야 했다.

"너는 어디에서 왔느냐."

희요가 내 눈을 곧게 마주 보고 물었다.

"말하면 믿어 주시겠습니까?"

내 물음에 희요는 고개를 천천히 끄덕였다. 아무도 모르지만 나는 미래에서 왔다고, 조선은 얼마 안 가 무너지고, 근대 문명이 열릴 거라고 말하고 싶었다. 그러나 목구멍이 막힌 것처럼 말이 나오지 않았다. 무엇이 내 입을 막고 있는 걸까.

"아주 먼 곳에서 왔습니다. 이제 그곳의 기억이 희미해져 자세히 말할 수는 없지만, 돌아보니 평화로운 세계였어요. 저는 늘 전쟁 같다고 생각하고 살았는데, 아니었어요."

매일 공부하는 게 죽도록 싫었다. 엄마한테 잔소리 듣는 것도 싫고 학교에 가는 것도 싫고 수능을 앞두고 있는 것도 싫었다. 대학에 가기도 싫었지만 안 가기도 싫었다. 싫은 것투성이었다. 싫은 것만으로 이뤄진 인생 같았다.

그런데도 안락했다. 매일 가야 하는 학교, 일과를 마치고 돌아갈 집, 투닥거려도 폭신한 가족, 별것 아닌 일에도 함께 웃는 친구들. 이것들이 늘 내 발밑을 받쳐 주고 있었다. 그래서 엉망인 날에도 침대에 누워 발길질 몇 번 하고 엉엉 울고 나면 다음 날 살아갈 힘이 생겼다.

죽고 싶었나? 그런 건 아니었는데. 싫은 건 많았지만 그만두고 싶은 건 없었다. 투덜대긴 했어도 끝내고 싶지는 않았으니까.

왜 여기에 오게 된 건지 아직도 알 수 없지만, 온 이상 지난 시간처럼 투정만 부리며 살아서는 안 된다. 내가 누군가의 발판이 되어야만 한다.

문득 내려다본 발에는 연시가 만들어 준 버선이 신겨져 있었다. 신은 산에서 떠날 때 할머니가 쥐어 준 돈으로 마련한 것이었고. 나는 내 발밑을 단단히 받치고 있던 그것들을 지키기 위해 다시 발목에 힘을 주었다.

"감사합니다, 당주님. 찾아야 할 사람이 있어서 먼저 가 보겠습니다."

주향이기도 진홍이기도 한 이. 그리고 또 다른 나이기도 한 이를 꼭 찾고 싶었다. 찾아서 무얼 하고 싶은지는 나중에 생각해도 될 일이었다.

다행히 다음 날 형수에게서 바로 기별이 왔다. 별시 시험장에서 잡혀 온 이들은 모두 풀어 주었는데, 신분 확인이 되지 않은 한 사람이 남아 있다고 했다. 성명을 물어도 대답하지 않아 풀어 주지도, 잡아 둘 수도 없는 상황이라고 사람을 통해 알려 왔다. 그리고 서신에는 주소 하나가 적혀 있었다. 이곳으로 가면 그자를 만날 수 있을 거라는 말과 함께.

그래도 몇 달 사이 한양 지리에 꽤 익숙해진 터라, 그리 어렵지 않게 그 집을 찾을 수 있었다. 문고리를 잡고 인기척을 냈더니 금세 누군가가 문을 열었다. 그는 내가 올 줄 알고 있었다는 듯 나를 어딘가로 안내했다.

사랑채에 형수가 있었다. 여기가 어디냐는 말에 형수는 아무렇지 않게 자신의 집이라 답했다. 관아가 죄인을 잡아 가두는 곳도 아닌데 그자가 너무 오랫동안 머물러 사람들이 무척 곤란해하여, 일단 집으로 데려왔다고 했다. 조사해 죄가 있으면 그때 다시 가두면 될 터이니. 너무도 쉽게 처리하듯 말해서 나 역시도 그런가 보다, 할 뿐이었다.

곧 문이 열리고 덩치가 작은 선비 하나가 안으로 들었다. 남성의 복장을 갖추고 있었지만 턱이나 어깨의 선이 누가 봐도 여인으로 보였다.

나도 저렇게 티가 나려나. 나는 가만히 그의 얼굴을 봤다. 침가에서 마주쳤던 그이 같기도 했고, 아닌 것 같기도 했다. 잠깐이라 기억이 잘 나지 않았다.

그가 자리에 앉자 형수는 네 이름이 무엇이냐, 하고 물었고 그는 들리지 않는다는 듯 고개를 돌렸다. 잠시 둘 사이에 팽팽한 기류가 흘렀다.

"그러는 당신은 뉘시오? 상대의 이름을 물을 때는 먼저 자신의 이름부터 밝히는 것이 예의 아니오?"

형수는 인상을 굳혔으나 목소리를 낮추고 응대했다.

"종사관 유형수다."

순간, 그의 몸이 움찔했다. 그는 고개를 돌려 형수와 마주 보았다. 둘은 서로의 시선을 조금도 피하지 않았다.

"안녕하십니까. 저는 종사관님의 친우 백서경이라고 합니다."

분위기를 풀어 보고자 웃으며 손까지 내밀었는데 그는 또다시 고개를 돌렸다. 무안해진 손을 거둬들이고 숨을 골랐다. 정적이 찾아온 방에서 내가 할 일이 무엇인지, 재빨리 머리를 굴려 알아내야만 했다.

"사람을 찾고 있습니다. 유진홍, 아니, 유주향 씨 되십니까."

내 말에 그가 눈썹을 치켜올리며 나를 쳐다봤다.

"가족들이 찾고 있습니다."

"나에게는 가족이 없소만."

"동생분이, 유진홍 선비가 누이를 찾고 계십니다."

그의 입은 다시 다물어졌으나, 입매가 가늘게 떨리고 있었다.

"동생분이 많이 편찮아 보였습니다. 어서 돌아가는 것이⋯⋯."

"진홍이 아픈 게 누구 때문인데! 유경헌 그자⋯⋯!"

내 말을 끊고 흥분해 말을 내뱉던 주향이 날카롭게 형수를 쏘아보았다. 형수 또한 눈빛이 공격적으로 변했다.

"네가 함부로 입에 올릴 이름이 아니다. 그분을 어찌 아느냐."

주향은 코웃음 치며 대꾸했다.

"그자가 나의 조부이다."

"그럴 리 없다. 그분은 내 조부이시니. 내게는 너 같은 형제가 없다."

대체 이게 무슨 상황이야? 나는 그저 입을 틀어막고 둘의 날카로운 대화를 듣고만 있어야 했다. 상황이 파악되지 않으니 끼어드는 것도 불가능했다.

"기억이 없는 자는 편해서 좋겠군."

주향의 비웃음 섞인 말에 형수의 표정이 일그러졌다. 황당해하는 나와 형수를 두고 주향은 문을 박차고 나갔다. 이놈의 집구석에는 잠시도 머물 수 없다는 말을 남기고.

주향이 나가고 나서, 형수와 나는 어떤 말도 꺼내지 못하고 침묵했다. 자세한 사정을 지금 묻는 것은 아닌 것 같아 일단 자리에서 일어났다. 생각에 잠긴 형수에게 대강 인사를 건네고 밖으로 나왔다. 주향이 던지고 간 수수께끼를 풀기 위해.

주향의 모습은 이미 온데간데없었지만 나는 주향이 어디로 향했는지 알 것 같았다. 아마도 남촌, 진홍의 집이겠지. 서둘러 발을 옮겼다.

그런데 주변 분위기가 심상치 않았다. 군사 한 무리가 대열을 이루어 어딘가로 가고 있었다. 무슨 일이지? 지나치는 사람들도 저마다 흘끔댔다. 다들 영문을 모르겠다는 눈치였다. 호기심이 일었으나, 일단 주향을 찾는 것이 먼저라 앞만 보고 걸었다.

그런데 분위기가 점점 이상한 방향으로 흘렀다. 성안으로 밀려들던 군사들은 어느새 흩어져 길목마다 지키고 서 있었다. 남촌으로 가는 길도 마찬가지였다. 한 군사가 내 앞을 가로막았다.

"안에 집이 있소?"

"아니요, 지인을 만나러 가는 길입니다."

"그럼 갈 수 없소. 거주민만 통과할 수 있소."

군사는 왜 그러느냐는 나의 질문에 말없이 길을 막을 뿐이었다. 이래서는 도무지 방법이 없다. 군사들이 지켜보지 않는 틈에 들어가려고 시도해 봤으나, 금세 저지당했다.

포기하고 주향의 집 쪽으로 향했다. 그런데 그 길목에도 군사들이 줄지어 있었다. 하는 말도 같았다. 오직 거주자만 들어갈 수 있다. 대체 무슨 일이 벌어지고 있는 것인지. 하릴없이 나의 거주지인 현청루로 돌아갈 수밖에 없었다.

대문을 통과하자마자 희요의 방으로 향했다. 이 상황에 대해 대답해 줄 이는 아무래도 희요뿐이니.

당주님, 안에 계십니까. 답이 없는 몇 초도 불안했다. 기다리지 못하고 다시 당주님, 하고 불렀을 때, 문이 열렸다.

"무슨 일인데 이리 다급하느냐."

"성안에 군사들이 쫙 깔렸습니다. 거주지 외에는 들어가지도 못하게 한다고요."

희요는 잠시 놀라는 눈치였으나 금세 평소의 온화한 얼굴로 돌아왔다.

"곧 일이 벌어지겠구나."

무슨 일이냐고 되묻자 희요가 웃어 보였다. 그게 어떤 뜻인지 머리를 굴려 봐도 딱히 나오는 것이 없었다.

"너는 이미 알고 있지 않으냐. 이 나라, 조선의 미래에 대해."

그 말에 나는 그대로 굳었다. 희요의 얼굴에서 웃음기가 걷혔다. 그가 무언가 더 말하려고 하는데, 밖에서 인기척이 느껴졌다. 희요는 잠시 들어가 있거라, 하며 나를 안쪽 방으로 밀어 넣었다. 저항할 틈도 없이 갇혀 버린 셈이다.

잠시 뒤 들린 목소리는 허천군의 것이었다.

"다들 물러가라."

허천군의 한마디에 사람들이 흩어졌고, 공기는 차게 가라앉았다. 사람들이 다 물러간 뒤에도 허천군과 희요는 한동안 말이 없었다. 내가 안에 있다는 것을 허천군은 모를 텐데. 이제 와 밖으로 나갈 수도 없어서 그저 숨을 죽였다.

"나리, 때가 되었습니다."

희요의 목소리는 어느 때보다 차분했다. 허천군은 아무 말 없이 술잔을 들이켰다.

"영상의 무리는 지금 내 허락도 없이 움직였다."

"더 이상 국정이 무너지는 걸 용납할 수 없으니까요."

"이건 전하께 칼을 들이대는 행위다. 내 형님의 목을 조르는 짓이라고."

"그 아래 수많은 백성의 목숨도 달려 있습니다."

잠시 둘의 대화가 끊겼다. 거칠던 허천군의 숨소리가 천천히 잦아들었다.

"반역은 아니 된다."

"비슷한 일을 선위라고 부르기도 한답니다."

허천군이 맥이 풀린 듯 웃었다. 어쩐지 허탈하고 공허하게 느껴지는 웃음이었다.

"평생을 아끼면 안 되는 것들만 아껴 왔다. 한낱 후궁에 불과한 어미를 아꼈고 나를 돌아볼 여유라고는 없는 아비를 아꼈고 끝내 적인 형님을 아꼈다. 내게 곁을 내주지 않는 너를 아꼈고 하찮은 신분의 친우를 아꼈지. 그런데 너는 이제 내가 절대 아껴서는 아니 되는 백성까지 아끼라고 하는 게냐."

"이미 깊이 아끼고 계시지요."

"그 마음을 거두라는 말을 네게 듣고 싶었다."

"제가 내다볼 앞날을 묻고 싶으셨던 것이지요."

"물어도 대답 없을 너를 안다."

"물음은 제게 할 것이 아니라 나리 자신에게 하셔야지요. 이미 나리 안에 답이 있을 터이니."

"나를 그곳에 가두고 대체 무엇을 하려는 것이냐."

"아무도 나리를 가둘 수 없습니다. 그곳에 들어가는 것이 결국 세상 밖으로 나오는 길임을 나리께서 이미 알고 계시기 때문입니다."

둘의 대화를 들으며 나는 숨조차 제대로 내쉴 수 없었다. 희요는 대체 무엇을 알고 있는 것이며 허천군은 어떤 결심을 품고 있는 것일까. 이것을 내가 들어도 될까.

더 나쁜 사람 배틀

어제 군사들로 정신이 없었던 거리는 평소의 모습으로 돌아와 있었다. 그래서 하루 만에 끝난 해프닝인지 큰일의 서막인지 가늠하기 어려웠다. 다만 허천군이 어떤 결심을 하느냐에 따라 나라의 명운이 달라지는 건 확실했다.

나는 어젯밤 허천군의 얼굴을 보지 못했다. 하지만 그의 표정이 그려졌다. 한없이 어둡고 차가운 표정. 늘 웃고 다니다 웃음기를 거둘 때, 그는 허천군도 왕의 동생도 아닌 명이 되었다.

그의 이름을 한 번 더 되새기다 지웠다. 뱉어서는 안 되는 이름, 그리고 머릿속에 떠올리는 것만으로도 무거운 이름을 저 멀리 밀어냈다. 그리고 일단 바쁘게 걸었다. 나랏일도 중요하지만 내 일을 먼저 처리해야 했다. 어제 해결하지 못한 궁금증을 단단히 쥐고 주향을 찾아 나섰다.

기대하며 간 진홍의 집에 주향은 없었다. 진홍은 자신이 자는 사이에 약만 가져다 놓고 간 것 같다며 고개를 저었다. 바로 주향의 집으로 향했으나 그곳에도 없었다. 게다가 곁방에 가득했던 책과 종이가 모두 사라져 버렸다. 맥이 탁 풀려 그 자리에 주저앉았다. 이대로 주향이 행방을 감춘다면 나는 어떻게 해야 하지.

그런데 그때, 뒤에서 누군가가 나를 불렀다.

"역시 당신일 줄 알았소. 왜 나를 쫓는 게요?"

퉁명스러운 말투였지만 나는 기뻐서 그를 끌어안을 뻔했다. 주향은 여인의 옷을 입고 있었다. 말갛고 표정 없는 얼굴이 주향의 본 모습인 듯 편해 보였다.

"왜 동생의 이름으로 살고, 왜 형수와 조부가 같은 것인지 알려 주겠소?"

주향은 대답 없이 나를 빤히 쳐다보았다. 왜 그걸 묻느냐는 얼굴이어서 나도 나 자신에게 물었다. 왜 그게 알고 싶은가.

"저는 갑자기 가족을 잃고 혼자가 되었습니다. 떠돌면서 이런 저런 이름으로 살았습니다. 그냥 되는대로 답했는데, 그러다 보니 저도 제 본 이름을 잊었습니다. 허 선생이 그러더군요, 당신은 걸친 옷이 너무 많아 어디로도 나아가지 못할 것이라고요. 이상하게도 제가 당신의 그 거추장스러운 옷을 벗겨 줄 수 있을 것 같다는 생각이 듭니다. 왜인지는 잘 모르겠지만."

나 자신도 뜻을 모를 말을 주절주절 내뱉다 주향의 얼굴을 살폈다. 주향은 여전히 아무 표정도 짓지 않고 가만히 나를 마주 보고 있었다.

"당신도 남장을 하고 있군요."

주향이라면 어렵지 않게 눈치챌 줄 알았다.

"나는 남자이고 싶었습니다. 아들이고 싶었지요. 몸 약한 동생 대신 내가 유씨 집안 대를 잇고 싶었소. 내 고조부께서는 판서까지 지내셨고 증조부는 서리였지. 하지만 조부는 공부에도 과거에도 흥미가 없으셨다고 하오. 그 때문인지 이렇다 할 사건 없이도 가세는 기울어 갔고, 조부는 가난을 타개할 방법은 족보밖에 없다며 그것을 파셨지요. 가문을, 성씨를 팔아서라도 식구들을 부양하겠다 하셨소.

그러나 그 판단은 철저히 틀렸습니다. 얼마 되지 않는 돈은 금세 바닥났고 진홍은 앓아누웠으니. 아버지와 어머니는 해 보지 않았던 험한 일에 도무지 익숙해지지 못했고, 얼마 뒤 세상을 떠났소. 내게 남은 건 빚과 아픈 진홍뿐이었소."

그 순간, 연시의 손을 잡고 산길을 헤매던 내가 떠올랐다. 울고 싶어도 울 수 없었던 그 길고 긴 밤.

내가 붙잡고 있었던 건 연시의 작은 손이기도 했지만 내 신분이기도 했고, 내 이름이기도 했다. 언젠가는 그것을 되찾아야 한다는 막연한 의무감이 있었다. 태어났을 때부터 두 손에 쥐고 있었던 이름난 가문, 윤택한 생활이 손밖으로 빠져나갔다는 것을 인정하지 못했다. 그것은 내가 이룬 게 아니었는데도.

"되찾고 싶었소. 다시 내 이름과 성을, 내 족보를 사들이고 싶었소. 지금 유형수가 누리고 있는 것들은 본디 내 것이어야 하오."

주향은 분명 억지를 부리고 있다. 말이 되지 않는 논리다. 그러나 마음속에서는 고개가 끄덕여졌다. 그래서 슬펐고, 괴로웠다.

"형수도 이 사실을 알고 있을까요?"

"지금쯤 알지 않았겠소? 영민한 자이니."

문득 뒤를 돌아보자, 형수가 서 있었다. 우리의 이야기를 들은 것인지 이미 알고 온 것인지는 몰라도, 그의 얼굴에는 처음 보는 그늘이 드리워져 있었다.

주향은 형수를 안으로 불러들였다. 세간도 남지 않은 빈집에서 우리 셋은 각자의 어둠을 지고 앉았다.

"당신을 원망할 이유는 없소. 당신 잘못이 아니니. 알면서도 오랜 시간 당신을 미워했소."

주향의 말에 형수가 고개를 들었다.

"당신이 과거에 응시했을 때 나도 그 자리에 있었소. 진홍의 명패를 들고. 그해, 나는 낙방했소. 오래 준비했는데도 도무지 글이 나아가지 않는다는 것을, 오늘뿐 아니라 영원히 나는 나아갈 수 없으리라는 것을 그날 알았소. 당신은 합격했지. 당신 인생은 참 쉬워 보였소. 유씨 가문의 날개옷은 원래 내 것이었는데."

주향의 목소리는 점차 잦아들었다. 입술 한 번 달싹이지 않던 형수가 긴 침묵 끝에 겨우 입을 열었다.

"맞소. 그날 나는 소과에 합격했지. 나도 그때까지는 내 인생이 쉽다고 생각했소. 어리석게 그리 믿었지.

그러나, 관직에 들어서기도 전에 우리 집안이 족보를 사들였다는 소문이 돌았소. 어린 시절 일이라 나도 잘 모르던 것을 바깥사람들이 더 잘 알고 있더이다. 한 번 구겨진 인생이 얼마나 펴기 어려운지는 당신도 잘 알 것이라 생각하오. 그래서 일찌감치 대과에 대한 마음을 접고 무과에 응시했소. 그리고 스스로 오를 수 있는 가장 끝에 올라 천장에 닿았소. 내가 무얼 더 할 수 있겠소?"

각자가 지고 있는 삶의 무게에 허리를 펴지 못하는 건, 모두가 마찬가지였다. 누가 다른 이의 인생을 쉽다고 말할 수 있을까. 어디서부터 우리의 인생이 꼬여 버렸는지 알 수 없었다. 안다고 하더라도, 원래대로 풀 수 없었다.

"족보를 되돌릴 수 있는 방법이 있는지 살펴보겠소."

형수의 말에 나와 주향 모두 깜짝 놀라 고개를 들었다. 주향이 그게 무슨 말이냐 되묻자, 형수는 어떻게든 방법을 찾겠다며 일어났다. 나는 급하게 형수를 따라나섰다. 무슨 일인지 알 수 없지만 탐정의 직감이 움직였다. 여기서 형수를 놓치면 안 된다고.

따라붙는 나를 형수는 탐탁지 않은 눈매로 봤다. 그러나 포기할 내가 아니었다. 제가 돕겠습니다, 뭐든, 뭐든지요! 그렇게 외치는 나를 향해 형수는 한숨을 지었으나, 더는 밀어내지 않았다.

그날부터 형수와 나는 여러 서고에 묻혀 있던 각종 문서와 서류 들을 훑기 시작했다. 그러는 동안 얼마나 많은 족보와 공명첩이 사고 팔렸는지, 그사이에 얼마나 많은 비리가 끼어 있었는지 알게 됐다. 소송 과정도 투명하지 못해 뇌물을 주고 판결 결과를 바꿔 버린 사례도 많았다. 알면 알수록 답답한 일뿐이었다.

문서들 속에서 '백영창'이라는 세 글자를 발견한 건 우연이었다. 아니, 어쩌면 필연인지도 모른다. 오랜 시간 부르지 못한, 내 아버지의 이름. 미친 듯이 요동치는 심장을 간신히 가라앉히며 천천히 문서를 살폈다.

역모죄. 죄인 백영창은 원주 지역 감사와 모종의 거래를 하고 역모를 꾸미다 발각되어 추포한다.

구체적인 표현은 하나도 없었다. 모종의 거래는 무엇이고, 무슨 역모를 어떻게 꾸몄다는 것인지 전혀 적혀 있지 않았다. 길지 않은 문서를 여러 번 읽어 봐도 해답은 없었다.

다만 발고자가 있었다는 것, 그자의 이름이 유성목이라는 것은 정확했다. 유성목은, 형수의 부친이다.

문서를 붙잡은 내 손이 떨리는 걸 형수가 눈치챘다. 나는 형수의 눈을 마주 볼 자신이 없었다. 무슨 말을, 무슨 생각을 해야 할지조차 몰라 그대로 눈을 감았다.

"무슨 일이냐. 어디가 아픈 것이냐."

캄캄한 와중에도 형수의 목소리가 다정해서 눈물이 솟아났다.

부들거리는 내 손에서 형수가 문서를 빼 갔다. 그리고 천천히 읽었다. 몇 번이나 문서를 읽고 또 읽는 게 느껴졌다.

형수는 내게 아무것도 묻지 않았다. 다행이었다. 물어도 대답할 말이 없었을 테니.

휘청이는 나를 형수가 잡아 세웠다. 걱정스러움이 묻어나는 눈길에도 시선을 맞출 수 없었다. 그렇게 찾아 헤맸던 진실이 손에 잡힐 듯 가까웠으나, 나는 더 가지 못하고 주저앉았다.

어떻게 밖으로 나왔는지 모르겠다. 정신을 차렸을 때는 길 위에 혼자였다. 손에는 아까의 문서가 들려 있었다. 분명 가지고 나오면 안 되는 것일 텐데 형수는 어째서 막지 않은 걸까.

생각이 나아가다가도 툭툭 끊어졌다. 한양에 온 목적이 바로 이것인데. 집안에 닥친 불행의 실체를 알아내는 것. 그런데 막상 그 앞에 서자 문을 열 자신이 없어졌다. 그렇다고 여기서 돌아설 수도 없었다.

말 그대로 정처 없이 걸었다. 어디로 가야 하는지, 어디서 쉴 수 있는지, 어디에 내 자리가 있는지, 어딘가에 있기는 한지. 땅속으로 가라앉을 뻔한 나를 건져 올린 건 지양의 목소리였다.

"서경, 어디 가는 길이야? 우연히 보니 더 반갑네."

내가 멋대로 만든 이름으로 나를 불러 주는 이. 나도 모르게 울음이 치받는 것을 어렵게 삼켜 내고 고개를 들었다. 아무래도 내 얼굴이 안 좋아 보였던 건지 지양의 얼굴에도 금세 걱정이 드리

172

워졌다.

지양은 조심스럽게 내 표정을 살피다 내 손에 들린 문서를 힐끔거렸다. 그러더니 대뜸 내 손을 잡아끌어 주막으로 갔다. 정신을 차리지 못하고 있는 사이 내 앞으로 국밥 한 그릇과 모주가 주어졌다. 마셔도 되나. 잠시 멈칫했지만 에라 모르겠다는 심정으로 한 모금 삼켰다. 그러자 가슴속에 뭉쳤던 무언가가 조금 풀리는 느낌이 들었다.

"모르는 글자가 많아서 정확히 알 수는 없지만…… 어쨌든, 이게 너와 관련된 일인 거지?"

지양의 물음에 나는 고개를 끄덕였다.

"자세히 알고 싶다면 방법이 하나 있어."

계속 늘어져 있던 귀가 열리는 기분이었다. 어떻게? 하고 되묻자 지양이 문서의 아래쪽을 가리켰다.

"이성곤, 이거 이 대감의 성함이야. 기억나지? 우리 처음 만났던 곳."

아, 전염병 사건을 해결하기 위해 찾았던 이 대감 댁 앞에서 지양을 만났었지.

"이 문서의 수결자가 이 대감이니 찾아가 여쭈면 뭐라도 알 수 있지 않을까."

앞에 놓인 모주를 한 모금 더 들이켰다. 술기운인지 용기가 일었다. 더는 진실 앞에서 머뭇거릴 여유가 없었다. 내가 자리에서 일어나자 지양은 말없이 내 옆에 섰다. 그것만으로도 큰 힘이 되었다.

"이번 이야기는 분명히 돈이 될 거야. 그것으로 내가 지금까지 진 빚 갚을게."

나는 지양과 함께 이 대감 댁을 향해 걷다 그동안 궁금했던 것을 물었다.

"그런데 어째서 사람들이 이 대감 댁을 모두 알고 있는 거야?"

"이 대감 댁은 한양에 있는 또 다른 궁이나 마찬가지야. 흉년 들어 쌀 떨어지면 누구보다 먼저 곳간을 열어 구휼미를 풀어 주지. 글공부를 하고 싶은 자는 누구나 그 댁에 들러 책을 읽을 수도 있어. 그렇게 인품 좋은 어르신 또 없지."

무척 좋은 분이라는 말을 들으니 오히려 긴장이 됐다. 그런 어른 앞에 거짓을 가져갈 수는 없지. 나는 한양에 온 뒤 처음으로 마음에만 담아 두었던 내 이야기를, 내 이름을 입속에서 굴렸다.

대문 앞에 서자 호흡이 가빠졌다. 약속도 없이 대뜸 찾아온 것이 그제야 걱정스러워졌다. 그러나 방법이 없어 솔직함을 무기로 내세우기로 했다.

"백영창의 딸 백모월이라 합니다. 대감께 여쭐 말이 있어 잠시 뵙기를 청합니다."

딸이라는 단어와 내 이름에 지양이 잠시 흠칫거리는 게 느껴졌다. 하지만 지양은 기다리는 동안 아무것도 묻지 않았다.

나는 속으로 내가 해야 할 말을 거듭 떠올렸다. 물론 할 말보다는 들을 말이 훨씬 많았기에, 머릿속과 마음속을 비우는 것도 잊지 않았다. 어떤 진실이 들어와도 물러나지 않고 받아들여야지. 그렇게 나를 다독였다.

얼마쯤 기다렸다 들어간 사랑에는 이미 이 대감이 기다리고 있었다. 대감은 잠시 나와 지양의 얼굴을 훑더니 나를 보고 말했다. 네가 모월이구나. 어찌 아셨느냐 묻지 않았으나, 내 눈이 동그래진 것을 보고 대감이 덧붙였다. 네 어머니를 많이 닮았구나. 그 말에 나는 새삼스레 어머니의 얼굴을 떠올려 보았다. 내가 어머니를 닮았던가.

아직 본격적인 이야기는 시작도 안 했는데 벌써 눈물이 왈칵 차오르려 했다. 하지만 꾹 참았다. 우는 건 나중에, 우는 건 나중에, 하고 여러 번 되뇌며 숨을 골랐다.

"대감께서는 이미 알고 계시겠지만, 저의 부친은 수년 전 역모에 휘말려 추포 과정에서 돌아가셨습니다. 가족이 몰살당하는 현장에서 홀로 살아남아 몸을 감추고 지냈습니다. 당시 저는 너무 어려 그 사건의 의미를 온전히 이해하지 못했습니다. 혹여 대감께서 아시는 바가 있다면 제게 그때의 일을 들려주시겠습니까."

이 대감은 크게 숨을 들이마시고 내쉬었다. 그러고는 물을 들이켰다. 나도 목이 바짝 탔지만, 물을 마실 여유도 없었다.

"언젠가 이 일을 누군가에게 전하고 싶었다. 그게 모월이 너라

다행이구나.

백 참의가 한양에 머물던 시절, 나와 백 참의, 유 참의는 곧잘 어울렸지. 함께 처리해야 하는 일도 많았고 마음도 잘 통했단다. 그러던 중 백 참의가 유 참의의 족보 거래를 알게 됐지. 백 참의는 유 참의가 사실은 상인 집안 출신이라는 것을 알고는 좀처럼 곁을 주지 않았다. 그냥 그쯤에서 그쳤으면 좋았을 터인데, 백 참의가 유 참의를 협박했다. 족보 거래 건을 조정에 알리겠다고. 유 참의는 돈으로 백 참의의 입을 막으려 했으나 그 기간이 길어질수록 모두가 힘거워졌지."

대감은 거기서 말을 잠시 끊었다. 나는 숨도 잘 쉬지 못하다 그제야 몰아쉬었다.

"백 참의가 원주 지방 관찰사로 부임하면서 악연도 이제 끊어지겠구나 싶었다. 그러나 유 참의의 분노는 그때부터 시작되었던 것 같구나. 몇 년간 꼬투리 잡을 일을 찾다 거짓 증좌를 엮어 백 참의에게 역모죄를 뒤집어씌웠지.

그 일이 벌어지고 나서야 둘을 막지 못한 것을 후회했다. 내 죄도 크지. 내가 그 거짓 문서를 처결한 날, 유 참의는 내 앞에서 서럽게 울었다. 그러고는 발길을 끊었다. 세상에서 떠나던 그날도 내가 들르지 않기를 바랐다더구나. 그의 원대로 나는 그의 무덤가에도 가 보지 않았다."

내가 그토록 알고 싶어 했던 진실에는 나쁜 사람들만 그득했다. 누가 더 나쁜 사람인지 배틀을 하는 것만 같았다. 긴장이 풀리면서 기운이 빠졌다. 말도, 생각도 더 이어 나갈 수 없었다.

간신히 인사를 건네고 이 대감의 집을 나섰다. 지양이 나를 안타까운 눈으로 바라봤지만, 나는 고개만 젓고 등을 돌렸다. 어딘가에 가서 쉬고 싶은 마음뿐이었다.

16

최종의_최종의_최종의_최종 ver.

무슨 정신으로 돌아왔는지 모르겠다. 현청루까지 왔지만 방에 들어가기는 싫어 어두운 뒤뜰에 주저앉았다.

한참 멍하게 있는 사이, 어디선가 풀벌레 소리가 들려왔고 풀 내음도 느껴졌다. 어느새 이슬비가 내리는 중이었다. 뺨에 닿는 빗방울을 그대로 두고 젖은 숨을 내뱉었다. 울고 싶은데, 왠지 눈물이 나지 않았다.

"무슨 일이 있느냐."

어디선가 나타난 희요가 우산을 내 위에 씌워 주며 물었다. 더는 내가 앉아 있는 자리가 젖지 않았다. 그제야 눈물이 흘렀다. 어린애처럼 소리 내어 엉엉 울었다. 희요는 아무 말 않고 내 머리 위로 우산을 든 채 그저 서 있을 뿐이었다. 우는 건 나중에 하겠다고 미뤄만 왔는데.

실컷 울고 났더니 시원하기도 했고, 그저 멍하기도 했다. 어느새 비도 그쳐 희요는 우산을 접고 내 곁에 앉았다. 마음이 가라앉자 주변 풍경이 눈에 들었다.

"당주님은 우산을 쓰시네요. 조선인들은 잘 쓰지 않잖아요."

"너는 조선인이 아니기라도 한 것처럼 이야기하는구나."

"저는 조선인이 맞죠. 그런데 당주님은 가끔 아닌 것 같기도 해요."

내 말에 희요는 그저 웃었다. 무슨 말을 하고 싶어 입술만 달싹이는데 비에 젖은 머리끈이 갑자기 풀렸다. 묶어 두었던 머리가 헝클어져 내렸다. 희요는 풀린 내 머리를 손으로 빗질해 다시 묶어 주었다.

"제 이름은 백모월이에요. 아버지께서 지어 주신 이름이죠. 아버지의 고향인 원주의 옛 이름이라는데, 저는 그 이름을 그다지 좋아하지 않았어요. 마을 이름과 내 이름이 같다는 것도 별로였고 부를 때도 예쁘지 않게 느껴졌고요.

그런데 가족들이 갑자기 사라지자 제 이름도 사라진 것처럼 아무도 불러 주지 않았어요. 저조차 제 이름을 입에 담지 못했어요. 이름을 찾으러 한양에 왔는데, 오히려 제 이름은 없는 게 낫겠다 싶기도 하네요."

고개를 들 힘이 남아 있지 않았다. 머리도 마음도 다 무겁게만 느껴졌다.

"모월아."

희요가 나를 그렇게 부르며 내 머리를 쓰다듬었다. 그 손길이 따스해서, 멈췄던 눈물이 다시 차올랐다.

"마음이 다 부서진 것 같아요."

울음 사이로 간신히 꺼내 놓은 말에 희요가 답했다.

"마음은 유리 같아서, 부서져도 반짝인단다. 아니, 부서지면 오히려 더 반짝이지."

희요는 내가 횡설수설 늘어놓는 말을 끄덕이며 잘 들어주었다. 마음에 쌓인 말을 꺼낸 것만으로도 묵직했던 가슴이 한결 가벼워졌다.

달라진 건 아무것도 없었다. 그날의 속사정을 알아도 내가 백모월인 것은 변함이 없다. 현실을 부정하고 다른 이름으로 살아도 나는 여전히 나였고, 나여야만 한다. 부서지고 깨어진 마음의 파편을 딛고 걸어나가야 했다.

어둠이 점점 깊어질 무렵, 저만치서 익숙한 실루엣이 이쪽을 향해 오고 있었다. 희요가 먼저 그를 알아보고 일어서 공손히 손을 모았다. 허천군이 반가운 듯 손을 흔들었다. 나는 얼굴에 남은 울음기를 닦아 내고 허천군을 향해 인사를 건넸다. 주위가 어두워 허천군이 붉게 변한 내 얼굴을 알아채지 못해 다행이었다.

일상적인 인사말을 주고받는데 허천군 뒤로 다른 그림자가 하나 더 보였다. 발만 봐도 바로 아는 내 동생 연시. 허천군과 연시가 함께 있는 건 놀랄 일도 아닌데, 그럴 수도 있는 건데 나는 크게 당황했다. 내 반응 때문인지 연시도 놀라 시선을 피하다 말실수를 했다.

"아씨! 아니, 도련님……."

갑자기 침묵이 내려앉았다. 어색한 상황을 이기지 못해 그냥 크게 웃어 버렸다. 내 웃음에 허천군이 따라 웃었고, 허천군 뒤에 있던 연시는 재빨리 내 뒤로 와서 섰다. 아씨, 어떡해요, 하고 속삭이는 연시에게 두 분 다 아시니 상관없다는 말로 안심시켰다. 눈이 커졌던 연시는 금세 고개를 끄덕이고 입을 닫았다.

허천군은 그런 연시를 바라만 보고 있었다. 그의 시선은 따스했지만, 나는 왠지 두려워졌다. 나도 모르게 연시의 손을 꼭 잡고 허천군과 희요에게 가 보겠다는 말을 남긴 채 돌아섰다. 집에 불이 났던 그날처럼 내 손에는 연시의 손 하나밖에 없었고, 나는 이 손을 놓을 수가 없었다.

방에 돌아오자 연시는 내 젖은 얼굴을 놓치지 않았다. 무슨 일이냐 묻는 연시에게 그간의 이야기를 모두 털어놓았다.

감춰져 있던 비밀을 열고 문제를 모두 풀어도 해결된 건 하나도 없었다. 오히려 짐이 늘어난 것만 같았다. 내가 지금껏 알고 믿어 왔던 아버지와 실제 아버지 사이의 괴리는 쉽게 메워지지 않았다. 이야기 속에 나쁜 사람들만 잔뜩이라, 누구를 미워하고 누구에게 분노를 쏟아야 하는지 모르겠다는 생각이 들었다. 부서지고 깨어진 마음은 좀처럼 붙지 않았다.

연시와 나란히 누워 잠을 청했다. 연시의 숨소리가 잦아들기를 기다리며 머릿속을 비우기 위해 노력했다. 그러나 비우려 할수록 생각은 그득그득 차올랐고, 나는 머리맡의 고민들로 도무지 잠을 이루지 못했다.

혼란과 원망 사이에서 갑자기 형수의 얼굴이 떠올랐다. 형수를 미워해야 하는 걸까. 부모의 원수라고 화를 내야 하는 걸까. 드라마나 영화에서는 일생을 다해 부모의 원수를 갚던데, 나도 그래야 하나. 거듭 생각해 봐도 그러고 싶은 마음은 들지 않았다. 오히려 형수가 안타깝기도 했다. 이런 걸 고양이 쥐 생각한다고 하지. 내 처지에 누구를 걱정해.

마음이 지옥이 되었을 무렵, 잠든 줄 알았던 연시가 내 손을 꼭 잡았다. 말하지 않아도 알 수 있었다. 연시의 마음이 들렸다.

빛도 들지 않는 그 캄캄한 밤, 연시는 내내 내 손을 쥐고 온기를 나눠 주었다. 나는 소리를 죽여가며 조금 울었다. 많이 울고 싶지는 않았다.

어느새 먼동이 트는 게 느껴졌다. 한 치 앞도 보이지 않던 어둠에 서서히 빛이 들기 시작했다. 그 순간 깨달았다.

연시야, 너는 내 인생에 불을 켜 주지는 않았지만, 어두운 방에 함께 있어 주었지. 언젠가 내 삶에 아침이 온다면 그건 너와의 오랜 밤 덕분일 거야. 내 소리 없는 고백이 네 마음에 가닿기를.

잠 못 이루는 밤이 차곡차곡 쌓였다. 나는 며칠간 아무 데도 나가지 않고 아무도 만나지 않았다. 분노와 원망은 곧 걷혔지만 슬픔은 짙게 남았다.

형수가 보고 싶었다. 그러면서도 그를 만나기 싫었다. 두 가지 마음이 동시에 들어 어떤 결정도 내리지 못했다. 형수는 이 사실을 알고 있을까. 그날 내가 그렇게 사라진 뒤 다시 나를 찾지 않는 것을 보면 형수도 뭔가 알았겠지. 영특하고 기민한 사람이니.

나는 어느덧 형수의 마음을 상상해 보고 있었다. 그의 속도 내 마음 못지않게 지옥이겠지. 우리의 지옥은 우리 탓이 아닌데, 우리는 왜 서로에게 상처가 되어야 하는지.

어떤 결론도 내지 못한 사이, 나는 이상할 정도로 형수의 마음을 헤아리게 되었다. 그리고 연시가 자주 웃고, 또 한편으로는 자주 어두워진다는 것을 알아챘다. 내 일에만 빠져 연시를 소홀히 하는 동안 연시도 자신만의 지옥을 만든 것 같았다.

나는 나와 연시와 형수를 그 지옥 속에서 건져 내고 싶었다. 그게 내가 가장 하고 싶은 일이었다. 그래서 무작정 허천군을 찾아갔다. 큰마음 따위는 먹지 않았다. 오히려 작고 사소한 마음으로 갔다. 내 힘으로 할 일도 아니고 내 맘대로 되는 일도 없으니 그냥 다 놓고 오자, 그 생각뿐이었다.

"먼저 온 손님이 계시니 여기서 잠시 기다리시지요."

늘 몇 발짝 뒤에서 허천군을 지키던 호위 무사가 나를 곁방으로 안내했다. 무사의 옷깃이 걸려 열린 문틈 사이로 오후의 햇살이 들었다.

햇살은 부유하는 먼지까지 아름답게 만드는 재주가 있었다. 예술 작품이라도 감상하듯 넋 놓고 보고 있는데, 점점 길어지던 햇살에 갑자기 그늘이 생겼다. 그 틈으로 보인 건 형수였다. 짧은 순간이었지만 분명 형수가 맞았다. 그가 허천군에게 무슨 말을 했을까.

곧 사람이 와서 나를 안채로 안내했다. 허천군은 보기 드물게 편한 차림으로 앉아 있었다.

"어디 편찮으십니까?"

"그리 보이느냐?"

"의관을 차리지 않으신 모습이 처음이라."

허천군은 잠시 웃고는 나른한 목소리로 말을 이었다.

"귀찮아서 그랬다. 앞으로는 이럴 기회도 거의 없을 듯하고."

나는 고개를 끄덕이고 호흡을 가다듬었다. 어느 때보다 내 뜻을 잘 전하고 싶었다.

"염치없지만 부탁드릴 일이 있어서 왔습니다."

"오늘 다들 부탁이 많구나. 형수도 부탁이 있다던데, 네 부탁도 같은 것이냐?"

그 말에는 쉬이 대답이 나가지 않았다.

"그간의 사정은 형수에게 들어 대강 알고 있다. 내 뭐든 들어줄 터이니 말해 보아라."

"제가 무얼 말씀드릴 줄 알고 다 들어주신다 하십니까."

"네 부탁 정도는 무엇이든 들어줄 수 있다."

농담하듯 가벼운 어조로 대꾸하는 허천군을 보자 무겁던 입술이 한층 가볍게 열렸다.

"전 관찰사 백영창의 딸 백모월이 허천군 나리께 말씀 올립니다. 백영창 역모 사건을 재조사할 수 있도록 허락해 주십시오. 그리고……."

"그리고?"

"아비의 죄가 자식에게 이어지는 경우가 많은 것을 알고 있습니다. 다만 이번 사건과 유형수는 무관하니 부디 그에게 죄를 묻지 않기를 간청합니다."

나는 이마가 바닥에 닿을 정도로 엎드려 허천군의 말이 떨어지기만을 기다렸다.

"너희 둘은 같지만 다른 것을 바라는구나."

놀란 내가 급하게 고개를 들자, 허천군은 아무렇지 않게 내 헝클어진 머리를 정리해 주며 말을 이었다.

"형수는 재조사 뒤에 자신이 모든 책임을 지겠다고 하던데? 관직에서도 물러난다고 하고."

"그러면 안 돼요."

나도 모르게 떼쓰듯 말해 버렸다.

"아, 아니, 그러니까! 형수는 유능한 관리이니 곁에 두고 큰일을 맡기는 것이 나라를 위해 도움이 되리라 생각합니다."

겨우 제대로 말을 정리해 내뱉자 허천군이 크게 웃었다.

"잘못된 사건은 바로 잡아야 하는 게 맞다. 너희의 부탁이 아니어도 그 일은 내가 책임지고 처리하겠다. 너희의 두 번째 부탁은 내 좀 더 생각해 보마."

"뭐든 들어주시겠다고 약조하지 않으셨습니까? 사내가 두말하면 안 되는데."

내 투덜거림에 허천군은 또 크게 웃고는 고개를 끄덕였다.

"대신 너도 내 부탁을 하나 들어줘야겠다."

"제가 할 수 있는 일입니까?"

"오직 너만 할 수 있는 일이다."

장난스러웠던 허천군의 눈빛이 진지하게 변했다. 나는 자세를 바로 하고 허천군의 말을 기다렸다.

"곧 세제 책봉이 이뤄져 내가 입궁하게 될 것이다. 궁에 연시를 데려가고 싶은데 허락해 주겠느냐. 연시에게는 네가 부모나 다름 없으니."

순간 입이 바짝 말랐다. 입술만 달싹이다 겨우 입을 뗐다.

"저 혼자 결정할 일이 아니니 연시와 이야기해 보겠습니다."

자리에서 일어나며 보니 지금 허천군이 입은 바지, 저고리, 버선 모두 연시가 만든 것들이었다. 연시가 저 옷들을 한땀 한땀 바느질하며 어떤 마음을 담았을지 그리고 허천군은 그 옷을 입으며 어떤 감정을 품었을지. 이것도 저것도 내가 헤아리기 어려운 것 투성이었다.

연시와 이야기를 나누겠다고 했으나 발길이 떨어지지 않았다. 궁중은 모함과 암투가 도사리는 곳인데 그곳에 연시를 보내도 될까. 연시에게는 아무 방패도 없다. 궁궐의 예법을 모르는 것은 당연하고 뒤를 받쳐 줄 부모나 집안도 없다. 힘없는 나만 있다.

처음으로 역사 공부를 열심히 하지 않은 걸 후회했다. 내게 미래를 내다보는 능력이 있다면, 이 시간 이후로 역사가 어떻게 흘러갈지 안다면 연시를 보낼지 말지 결정할 수 있을 텐데. 내가 아는 건 고작 태정태세문단세 같은 연호뿐이고 그마저도 최종의_최종의_최종의_최종 ver. 정도이기에 현왕이 어떤 연호를 받게 될지 그리고 허천군이 무사히 보위를 이을지도 알지 못했다.

희요에게 물어볼까. 문득 든 생각에 발길을 돌리다 고개를 저었다. 희요가 답을 줄 리 없다.

아니, 내가 왜 연시의 거취를 고민하며 희요에게 답을 들으려 했던 거지? 연시가 갈 곳은 오직 연시만이 알고 정할 수 있는 건데. 미래를 모르는 건 당연한 일이고, 그렇다 해도 어딘가로 나아가는 게 맞지.

연시를 만나기 위해 발걸음을 서둘렀다. 영화나 드라마에서 보면 타임 슬립한 주인공이 미래를 다 알아서 착착 일을 해결하며 능력자로 거듭나던데, 나는 왜 이렇게 초라하냐. 그런데도 이상하게 슬프기보다는 웃음이 났다.

집에 돌아가자 연시는 여느 때와 다름없이 옷을 짓고 있었다. 묻지 않아도 허천군의 것임을 알 수 있었다.

연시에게서 옷감과 바늘을 빼앗아 내려 두고 두 손을 마주 잡았다. 연시는 놀란 듯 눈을 동그랗게 뜨고 나를 봤다. 연시의 가느다란 속눈썹이 엷게 떨리고 있었다. 깜박이는 연시의 눈꺼풀이 나비의 날갯짓처럼 보였다. 그 아래 붉은 입술은 하늘거리는 꽃 같기도 했고 과즙을 머금은 열매 같기도 했다. 허천군에게도 그리 보였을까. 연시는 더 이상 어리기만 한 내 동생이 아니었다. 아름답게 자란 여인이었고, 자신의 미래를 스스로 결정할 수 있는 인간이었다.

"연시야, 허천군 나리는 너와 함께 가고 싶대. 너는 어때?"

연시는 쉽게 말을 꺼내지 못하고 망설였다. 나는 재촉하지 않고 기다렸다.

"저는 그분께 폐가 되고 싶지 않아요. 그분의 흉이 되고 싶지도 않고요."

애정이나 연모가 폐나 흉으로 번질 수 있는 관계. 나는 대답 없이 그저 고개를 끄덕이며 연시의 말을 오래도록 곱씹었다.

이름을 주고 돌아가는 길

　재조사는 허무하리만큼 빠르게 마무리되었다. 사건에 직접 연루된 자들이 대체로 사망한 상태였기에 따로 죄를 묻거나 처벌할 일이 거의 없었다. 달라진 점은 내가 내 성과 이름을 돌려받았다는 것뿐이었다.

　연시는 아씨, 정말 잘 되었어요, 이제 이런 옷은 입지 마셔요, 하며 내 남자 옷을 거두었다. 하지만 나는 치마와 저고리가 왠지 모르게 어색했다. 백모월로 산 시간보다 백서경으로 지낸 시간이 더 임팩트가 있어서 그런지, 그저 내게 남장이 찰떡이었던 건지는 알 수 없지만.

　사건과 내 가문이 제자리를 찾는 동안 나는 한 번도 형수를 보지 못했다. 용기를 내어 형수를 찾아가기도 했지만, 형수는 끝내 나타나지 않았다.

거리는 축제 분위기로 떠들썩했다. 세제 책봉식이 며칠 남지 않았기 때문이었다. 백성들은 대체로 허천군의 세제 책봉을 반기는 눈치였다. 그동안 눈에 띄지 않게 허천군이 해온 선행들이 보답을 받는 것이라 생각했다. 나는 역사도 모르고 미래도 모르지만, 만약 허천군이 왕위에 오른다면 꽤 괜찮은 임금이 될 것이라 확신했다. 내가 아는 건 현재의 허천군이고 그는 좀 더 나은 사람이 되고자 무척 노력하는 이다. 물론 궁궐은 위험한 곳이라 풍파가 끊이지 않겠지만, 허천군이라면 슬기롭게 헤쳐나가겠지.

연시는 오늘 아침에도 내 머리맡에 치마를 준비해 두었으나 나는 그것을 밀어 두고 바지 차림으로 나왔다. 한양 사람들은 아직 나를 서경으로 알고 있으니, 여기 머무는 동안만이라도 그들에게 익숙한 모습으로 지내야지.

어디 나가시냐는 연시의 물음에 대충 얼버무리고 침가로 향했다. 연시에게 옷을 지어 주기 위해서. 늘 다른 이의 옷만 해 입히는 연시에게 근사한 새 옷 한 벌 선물하고 싶었다.

해주댁에게 연시가 입을 것이라 말하니 따로 재지 않는데도 이미 사이즈를 다 알고 있는 듯했다. 해주댁이 천을 고르고 표시를 해 놓는 동안, 나는 망설이다 툭 말을 내놓았다.

"침가 이름 말이죠, '현덕 어패럴' 어떨까요?"

"응? 어패류?"

"어패류 말고 어패럴이요. 그게 서양 말로, 그러니까 외국말인데, 의류, 옷이라는 뜻을 가지고 있거든요. 조선에서는 안 쓰는 말이니까 오히려 호기심도 생기고 재밌지 않을까 해서요. 이상한 말이라 기억에 더 남을 것도 같고."

내 말에 잠시 고개를 갸웃거리던 해주댁은 시원스레 답했다.

"어패류인지 어패럴인지, 그거 한번 해 봅시다. 아니어도 손해 볼 거 있나, 뭐."

해주댁은 내가 여기서 만난 사람 중 가장 배포도 배짱도 큰 사람이었다. 아무렇지 않게 큰일을 결정하고 또 해내는 자는 무슨 일이든 잘 해낼 터였다.

"임시로 현판 글씨를 써 볼까요?"

어느새 나타난 주향이 우리의 대화를 듣고 있었는지 자연스레 끼어들었다. 내가 신나서 고개를 끄덕이자 주향은 자투리 천에 '현덕 어패럴'이라고 적었다. 각지면서도 정갈한 글씨체가 단어와도 무척 잘 어울렸다. 갸웃거렸던 해주댁도 글씨가 꽤 마음에 든 모양이었다.

"기분이다, 연시 옷은 내 그냥 해 주겠소. 침가 이름을 지어 준 값으로 말이오."

"아니, 저번에도 안 받으시더니. 대체 돈은 어찌 벌려고 그러십니까."

"이리 마음을 쓰면 언젠가 또 돌아온다오."

해주댁의 웃음에 내 마음도 환해졌다. 다른 고객이 와서 해주댁이 잠시 자리를 비우자 나와 주향만 남았다. 주향에게서 지난 번에 봤을 때와는 다른 기운이 느껴졌다. 그동안 잘 지냈느냐고 묻자, 주향은 대답 대신 아직 못 들었소? 하고 되물었다. 그러고 는 내 알쏭달쏭한 표정을 읽은 건지 곧 말을 이었다.

"유형수의 가문으로 입적한다오."

형수는 족보 거래를 되돌리고 상인의 신분으로 돌아가고자 했 으나, 이미 오랜 시간이 지난 일이라 거래 무효 선례를 찾기가 쉽 지 않았다. 고심 끝에 주향과 진홍을 입적해 모두 유씨 가문으로 살게 하는 것으로 일을 마무리했다고 한다. 형수다운 결론이고 일 처리였다. 주향은 떠나지 않고 침가에서 일하며 진홍을 보살 피겠다고 했다. 이미 형수의 집으로 거처를 옮겨 함께 살고 있다 는 말도 덧붙였다. 내가 그저 내 슬픔과 아픔에만 빠져 있는 동안 형수는 참 많은 일을 했구나.

주향아! 안쪽에 있던 해주댁이 주향을 찾아, 우리는 대강 눈인 사만 나누고 헤어졌다. 밖으로 나와 뛸 듯이 걸었다. 어서 빨리, 형수를 보고 싶었다.

형수의 집 하인은 나를 보고 난감한 표정으로 형수가 집에 없 다고 말했다. 그러나 나는 형수가 여기 있다고 확신했다. 이건 정 말 100퍼센트 탐정의 촉이었다. 그래서 대문 안쪽에 대고 크게 외 쳤다.

"종사관 나리, 저 서경입니다. 잠시 만나 주세요. 나오실 때까지 기다리겠습니다!"

막무가내로 외치고 대문 앞에 주저앉아 버린 나를 하인은 어쩌지 못했다. 아무리 집안의 종들이라도 누군가가 불편해지는 것을 못 견딜 테니, 형수는 반드시 나올 것이다.

내 추론은 틀리지 않았다. 얼마 지나지 않아 형수가 나를 안으로 들였다. 반가운 마음에 종사관 나리! 하고 부르자 형수를 고개를 내저으며 말했다. 이제 종사관 일은 그만두었으니 그 호칭도 삼가거라.

밝은 곳에서 자세히 보니 형수의 얼굴이 핼쑥해져 있었다. 수염 자국도 거뭇거뭇했고, 풍채 좋던 어깨도 어딘가 모르게 굽어져 보였다. 모두의 마음에 빛이 들었는데 정작 그 빛을 들게 한 이는 모든 그늘을 지고 홀로 어두워져 가는 것을 보니 마음이 아팠다. 내가 다 억울할 정도였다. 잘못한 이는 여기 없는데 그 죄와 짐을 홀로 지고 있을 이유가 없었다.

"친우인 서경으로 먼저 말하겠습니다. 주향과 진홍을 품어 주셔서 감사합니다. 제가 감사할 일이 아닌 것은 잘 알지만, 아무튼 감사합니다."

내 말에 형수가 엷게 웃었다.

"이제 백모월로서 한마디 올리겠습니다."

내 이름 석 자에 일순 긴장감이 감돌았다. 나는 잠시 숨을 멈췄다가 내쉬었다. 내가 말을 고르는 사이, 형수가 먼저 입을 열었다.

"미안하다."

"종사관님 잘못이 아닌걸요. 제가 누구를 용서할 처지도 아니고요. 그러니까 사과나 용서 말고 우리 화해합시다. 싸운 적은 없지만, 그래도 화해해요, 우리."

나는 형수 앞으로 손을 내밀었다. 내 손은 내가 보기에도 작고 볼품없었다. 대체 이 손으로 뭘 할 수 있을까 싶을 만큼 초라했다. 그런 내 손을 형수가 잡았다. 형수 손가락의 딱딱한 굳은살이 느껴질 정도로 꽉 맞잡았다. 유치원에서는 친구와 싸우면 선생님이 꼭 둘이 손을 맞잡게 했다. 서로 미안해, 밀하고 포옹까지 하면 끝이었다. 우리는 유치원생보다는 좀 더 나이를 먹었고, 또 시대가 시대이니만큼 TPO에 맞춰서 악수 정도면 충분할 것 같았다. 그 순간, 나는 내가 꽤 어른이 되었다고 생각했다.

그날 밤, 방에 아버지와 어머니, 오라비의 위패를 모셔 놓고 작게나마 제사를 지냈다. 내가 어리고 어설퍼서 지금까지 제사 한 번 지내지 못했다. 물론 아직도 어리고 어설플 뿐이라 제대로 된 형식도 갖추지 못하고 음식도 많이 장만하지 못했지만, 마음은 전해질 테니까 용서해 달라고 속삭였다.

그리고 아버지, 그곳에서 너무 편하게만 계시면 안 돼요. 죄의 무게는 쉽게 사라지지 않으니.

마침내 세제 책봉식이 하루 앞으로 다가왔다. 나는 현덕 어패럴의 첫 작품을 연시에게 입혔다. 맑고도 청아한 푸른 치마에 구름처럼 하얗고 뽀얀 저고리는 연시의 얼굴을 환하게 살려 줬다. 문득 연시가 쿨톤이었구나, 하는 쓸데없고 자잘한 생각을 하다가 혼자 픽 웃어 버렸다. 연시는 왜 웃냐, 별로냐 재차 물었지만 나는 계속 빙글빙글 웃으며 연시의 옷매무새를 다듬었다.

그러고 나서는 연시의 얼굴에 화장을 시작했다. K-고딩이던 시절에는 아침잠 쪼개 가며 메이크업도 했었지. 여기서는 사는 게 바빠서, 또 남자이기도 해서 분을 바른 적이 없었다. 오랜만에 실력 발휘 좀 해 볼까.

그러나 실력 발휘가 될 리 없었다. 원래 실력이랄 게 없기도 했고, 조선의 화장품은 어찌 쓰는 것인지 도통 알 수가 없었다. 결국 지나던 단에게 부탁해 망쳐 놓은 연시의 얼굴을 되돌렸다.

단은 뭉툭한 미묵으로도 얄쌍하게 눈썹을 그리고, 희고 거친 분으로도 곱고 뽀얗게 피부색을 살렸다. 마지막으로 연지를 입술 위에 톡톡 얹자 연시의 얼굴이 정말 꽃처럼 피어나는 것 같았다. 연시는 부끄러워했으나 마음에 드는지 거울에 비친 자신의 모습을 오래도록 바라봤다.

자, 이제 가자. 내 말에 연시는 어디를요? 하면서도 따라나섰다. 현청루 뒤뜰 한켠에 있는 허천군의 별당에 다다르자 연시의 얼굴이 어두워졌다.

"안 갈래요."

돌아서 가려는 연시를 붙잡았다.

"허천군 나리께 드릴 말씀이 있는 건 나야. 넌 그냥 옆에 앉아만 있어."

"싫어요."

"나도 무서워. 나 혼자 둘 거야?"

미안하지만 연시의 약한 부분을 건드렸다. 이러지도 저러지도 못하는 연시의 눈에 눈물방울이 맺혔다. 나는 고운 화장이 지워지지 않도록 소매 끝으로 연시의 눈물을 닦아 내고 눈을 마주쳤다. 나 믿고 같이 있어 줘.

먼저 와 책을 읽고 있던 허천군이 예쁘게 단장한 연시를 보고 놀라 행동을 멈췄다. 연시는 고개를 숙이고 눈길조차 주지 않았으나, 허천군은 그런 연시를 뚫어질 듯 바라보다 들고 있던 책을 떨어뜨렸다. 그 소리에 놀라 연시가 고개를 들자, 그 모습에 허천군이 숨을 들이키다 사레가 들렸는지 기침을 했다. 허천군도 좋아하는 여자 앞에서는 뚝딱거리는구나. 나는 새어 나가는 웃음을 헛기침으로 바꾸며 참았다.

여느 반가의 규수처럼 예를 갖추어 인사를 올리고 조신하게 앉았다. 어색했지만 제법 괜찮았다. 허천군은 내 인사를 받으면서도 중간중간 연시 쪽을 흘긋거렸다.

"저하께 백모월로 처음 인사 올립니다. 제 이름을 찾아 주셔서 감사합니다."

"내가 찾아 준 것이 아니라 네가 네 힘으로 찾은 것이다."

"이번에는 제가 저하의 청을 들어드리려 합니다. 아무리 생각해도 연시는 저하와 함께 있는 게 맞습니다."

아씨, 하고 연시가 부르는 소리가 들렸지만 고개도 돌리지 않고 말을 이었다.

"그러나 연시의 신분과 처지로는 궁궐 생활이 쉽지 않으리라 예상합니다. 그건 저하께서 더 잘 알고 계시겠죠. 저는 연시에게 작고 볼품없는 방패라도 하나 쥐여 주고 싶습니다. 그러니 연시에게 제 이름 백모월을 주는 것을 허락해 주십시오. 백씨 가문은 저보다 연시에게 더 유용할 테니 제 이름과 성 모두를, 동생 연시에게 주겠습니다."

고개를 돌려 어느새 울고 있는 연시를 바라보았다. 연시가 입 모양으로 언니, 하고 불렀다. 나는 연시를 향해 웃었다. 그러나 울음을 달래지는 않았다. 이제 그 일을 해 줄 이는 따로 있으니.

"다만 이름을 잃고 사는 것은 외롭고 슬픈 일이니, 저하께서는 연시를 계속 연시로 불러 주세요. 그게 제 마지막 청입니다."

그렇게 말한 후, 방에 연시를 두고 나왔다. 내 할 일은 거기까지였다. 백모월이라는 이름의 자리는 저곳이 맞다. 이름을 연시에게 주어도 나는 여전히 모월이고, 서경이고, 또 나다. 그러므로 잃은 건 하나도 없다.

내 방으로 돌아가 간단히 짐을 챙겨서 나왔다. 영영 떠나는 것은 아니다. 잠시 한양을 벗어나 유람하고 싶었다. 산에도 오르고 바다에도 가 보고 싶었다. 그렇게 떠돌다 연시, 희요, 허천군, 형수, 주향이 그리우면 돌아올 생각이었다.

여행길에 요기할 간식거리를 사기 위해 저잣거리에 들어섰을 때, 지양이 보였다. 지양은 처음 봤을 때 그 모습 그대로 사람들을 모아 놓고 책을 읽는 중이었다.

"방관주의 부모는 딸아이의 소원대로 남자 옷을 입히고 방적과 길쌈 대신 시서를 가르쳤지 않겠습니까. 물론 유모와 비복들은 혀를 찼지. 아니, 여자의 몸으로 그게 가당기나 한가 말이야.

그러다 관주가 아홉이 되던 해, 관주의 부모가 덜컥 세상을 떠난 거야! 그때부터 시작된 거지, 방관주의 진짜 삶이."

사람들 사이에 끼어 앉아 엽전 하나를 던져 넣고 이야기를 들었다. 아는 이야기도 지양의 목소리로 들으니 훨씬 재미있었다.

책 읽기를 마친 지양이 짐을 챙기는 동안 나는 곁에서 기다렸다. 지양은 보따리에 책을 넣고 아까 내가 건넸던 엽전을 돌려주었다.

"친우한테는 안 받아. 그런데 어디 가?"

"그냥 발길 닿는 대로 여행 좀 해 보려고."

"그럼 같이 가자."

"같이?"

"응."

지양은 따로 여행 짐을 챙길 필요도 없다는 듯 쉽게 말하고 가볍게 걸었다. 뭐, 즉흥 여행에 친우가 함께라면 나쁠 것 없지.

도성을 벗어나자마자, 지양이 오랜 시간 망설였을 질문을 했다.

"이제 뭐라고 불러야 해? 모월 낭자?"

나는 모월 낭자라는 표현이 웃겨서 풋, 하고 웃어 버렸다.

"그냥 부르던 대로 불러. 그런데 내 이야기 안 팔더라? 팔라고 알려 줬더니."

"친우 이야기는 안 팔아. 나도 상도의가 있다고."

지양의 뿌듯한 표정을 보자 웬지 놀리고 싶은 마음이 일었다. 사실은 나 미래에서 왔어. 너 알아? 조선이 망하고 대한민국이 되는 거. 뭐? 조선이 망한다고? 이건 정말 돈이 크게 될 이야기 같은데, 자세히 좀 해 봐. 친우 이야기는 안 판다며. 이건 또 다르지. 다르긴 뭐가 달라? 아무튼 달라. 자세히 얘기해 보라고. 대한민국은 뭔데? 미래에서 어떻게 왔냐고. 지양이 계속 재촉하며 떠들었지만, 나는 웃기만 하고 앞서 걸었다.

그러다 산 밑에 있는 빈집에 들어가 불을 피우고 잠이 들었는데, 깨어 보니 병원이었다.

병원?

분명 조선이 아닌 대한민국의 병원이다. 나는 익숙하면서도 생경한 풍경 속에서 그저 멍하니 있었다.

지나던 간호사가 그런 나를 눈치채고 내 눈동자와 몸의 반응을 확인했다. 그 뒤에 엄마가 나를 불렀다.

"나린아!"

아, 김나린. 저게 내 이름이지. 오랜만에 들은 내 이름에 머리보다 몸이 먼저 반응했다.

괜찮냐고 묻는 엄마를 제치고 의사가 내 앞으로 다가왔다. 그리고 이름, 나이, 학교 등을 물었다. 나는 별생각 없이 기계적으로 답했다. 김나린, 열여덟 살, 서영고.

대답을 모두 해 놓고 나서 새삼스레 생각했나. 아, 내가 그랬었지. 나는 이런 사람이었지.

다른 사람들에게 그날의 일은 별것 아닌 해프닝으로 마무리되었다. 탈진해 몇 시간 동안 정신을 잃긴 했지만, 몸에 다른 이상은 없었으니.

문제는 내 안에 있었다. 남들에게는 그저 몇 시간이었지만, 그동안 나는 다른 인생을 살았다. 아무도 믿어 주지 않을 인생 2회차 경험에 대해 누구에게도 말하지 못했다. 정말 어렵게 모월이라는 이름을 찾았는데, 여기서는 아무도 나를 모월이라고 불러 주지 않는다. 당연하다. 내 이름은 따로 있으니까.

역사책을 아무리 뒤져 봐도 내가 산 시간이, 내가 아는 이들이 어디쯤에 있는지 알 수 없었다. 그들은 정말 내 꿈속에만 있었던 걸까. 내 인생이 모두 꿈이었다고?

당연한 일이었으나 믿을 수 없었다. 아니, 믿기 싫었다. 나는 분명히 달라졌고 내 안에 모월로서의 기억이 가득한데, 어디에도 털어놓을 수 없으니 답답했다. 조선에 있을 때 내가 미래에서 왔다고 말하지 못했던 것과는 차원이 다른 막막함이었다.

어떻게든 이겨 내고 싶은 마음에 용기를 내어 신경 정신과에 찾아갔다. 대기실에서 문진표를 작성하는 내내 그냥 다시 집에 갈까, 하면서 엉덩이를 들썩였다.

그러나 망설이는 동안 내 차례가 다가와 어쩔 수 없이 의사 앞에 앉았다. 안녕하세요, 하고 밝게 웃는 의사의 얼굴이 희요와 꼭 닮아 있었다. 나는 어떤 말도 내놓지 못하고 그 자리에서 울어 버렸다. 이 사람은 희요가 아닌데. 나도 모월이 아니고. 나는 대체 누구인 걸까.

의사는 내가 우는 동안 그저 기다려 주었다. 그리고 내 울음 끝에 휴지를 건네고 괜찮냐고, 이제 이야기를 할 수 있겠냐고 물었다. 나는 고개를 끄덕였지만 쉽게 말이 나오지 않았다. 긴 꿈을 꿨다고. 그 속에서 참 열심히 살았다고. 그곳에서 만난 사람들이 보고 싶다고. 당신이 그 안에 있던 누군가와 많이 닮았다고.

의사는 내게 어떤 말도 채근하지 않았다. 그저 침묵으로 내 고민을 들어 주었다.

"어떤 일들은 마음속에서 정리가 되지 않으면 입 밖으로 꺼내기가 힘들어요. 무슨 말이든 괜찮으니, 언젠가 소리 낼 수 있을 때

다시 오세요."

그 말을 들으면서도 희요 같아, 하고 생각했다. 또다시 눈물이 나려는 걸 겨우 참았다.

그 후, 나는 내 안의 혼란을 들키지 않으려 애를 썼다. 다행히 가족들도 친구들도 별다른 말을 하지 않았다. 그게 진짜 몰라서 인지, 모르는 척인지는 알 수 없지만.

전에는 흥미가 없던 역사에 관심이 생긴 건, 어쩌면 자연스러운 일이었다. 시간이 날 때마다 유튜브로 역사 관련 동영상을 찾아보았다. 그러다 한 영상에서 구한말 한복이 기성복으로 옮겨갈 때쯤, 그 유행을 선도한 것이 한양의 현덕 어패럴이라는 해설을 듣고 온몸이 굳었다. 내 기억의 파편, 꿈의 조각이 아주 미세하게 그 자리에 남아 있었다.

나는 천천히 궤도를 찾아갔다. 꿈속의 나와 사람들을 그리워했으나 현재를 살았다. 조선의 내가 미래의 나를 그리워하면서도 살아갔듯이, 그리운 것들을, 보고픈 이들을 지우지 않고도 내 자리에서 내가 해야 할 일을 했다. 연시도, 희요도, 허천군도, 형수도, 지양도 이 세계 어딘가에서 다른 이름으로 살고 있을 거라고 멋대로 믿어 버렸다. 이렇게 지내다 보면 한 번쯤 마주칠지 모른다는 기대감도 살짝 품었다.

여전히 나는 대한민국의 십팔 세 청소년이고 눈뜨자마자 시발,

하고 외치곤 한다. 잘 흘러가는 하루보다는 망하는 하루가 더 많고 혐오하는 것들은 점점 늘어만 간다.

하지만 나는 조선에서 그것들 사이에 좋아하는 것들을 심는 법을 배웠다. 금요일, 이슬비, 샛노란 우산, 토피넛라테, 새벽 공기. 그리고 이것들을 그저 심어 두기만 하지 않는다. 잘 키우기 위해 시간과 마음을 쏟는다. 그래야 떼 지어 오는 불행을 이겨 낼 힘이 생길 테니.

어느 날, 밥을 먹다 엄마가 문득 말했다.

"얘가 아프더니 갑자기 어른이 됐어."

아빠가 대수롭지 않게 대꾸했다.

"원래 애들은 아프면서 크잖아."

지나가는 말들 속에서 내가 진짜 자랐나, 싶어 갸웃했다.

사실 엄마 아빠가 모르는 게 있어. 나는 지금 인생 3회차야. 따져 보면 엄마 아빠보다 더 오래 살았을지도 모른다고.

이런 어이없는 생각이 떠오를 때마다 나는 내가 모월임을 깨닫는다. 동시에 나는 나린이기도 하다. 서경일 수도 있고, 다른 무엇이 될 수도 있다. 내 이름은 하나지만, 하나가 아니다.

나는 이제 어리둥절한 채로 꿈속에만 살지 않는다. 오히려 꿈의 언저리에 마중을 나가 새로운 나를 기다린다. 꿈은 물에 빠진 솜사탕처럼 허무하게 사라져 버리기 마련이지만, 가슴 한구석에서 팝콘처럼 톡톡 솟아오르기도 한다.

나는 나의 단 하나뿐인 꿈이다. 나는 내가 되고 싶다.

작가의 말

　어린 시절, 나는 내 이름을 무척이나 싫어했다. 놀림거리가 되는 것도 싫었지만 이름 예쁘네, 하고 관심을 표하는 것 또한 싫었다. 그저 내 이름이 어디에서도 한 번 더 불리지 않고 아무렇지 않게 넘어가기를 바랐다.

　그러나 내 바람은 수시로 꺾였다. 출석부를 부르다 덜컥 멈추고, 본명이냐고 되묻거나 이름에 관한 그다지 재밌지도 않은 농담을 던져 다들 웃고. 그 순간에 나는 웃지 않았다. 오히려 아주 시니컬하게 입꼬리만 올릴 뿐이었다.

　길에서 친구들이 큰 소리로 내 이름을 부르면 돌아보지 않았다. 음식점 예약자 명단에 이름을 올려야 하면 그냥 돌아서기도 했다. 내 이름은 나에게 어울리지 않았다. 너무 무거웠고, 때론 버거웠다. 나는 사랑이라는 이유로 사랑스럽지 못한 아이로 자랐다.

비뚤어지고 투덜대고 냉소적이고 부정적인 게 바로 나였다.

부모의 동의 없이 이름을 바꿀 수 있는 나이가 되었을 때, 나는 진지하게 나의 새 이름을 고민했다. 그저 평범하면 됐다. 어디서도 걸리적거리지 않고 튀어 오르지 않는다면 뭐든 상관없다고 생각했다. 그런데도 적당한 혹은 적절한 이름이 떠오르지 않았다. 어떤 이름도 내게 어울리지 않았다. 고민만 하는 동안 시간은 계속 흘렀고, 그동안 나는 계속 사랑일 수밖에 없었다.

이 소설을 쓰는 내내 모월의 이름을 찾으면서 괴로웠다. 이렇게 안 써지는 소설 처음이라고 여기저기 하소연도 많이 했다. 그런데도 쓰고 있으면 즐거웠다. 어디서나 누구와도 잘 어울리는 모월은 내게 좋은 친구가 되어 주었다. 이제 나만의 친구였던 모월이 내게서 멀리 떠나 다른 이들의 친구가 되었으면 좋겠다. 모월은 분명 좋은 친구가 되어 줄 것이다.

나는 요즘 장담해 왔던 말이 무너지는 일들을 겪고 있다. 나는 이런 사람이야, 라는 말도 다 거짓이 될 것 같아 쉽사리 내놓지 못하게 되었다. 그러는 사이 몰랐던 나를 발견하고 새로운 나에게 적응하는 중이다.

나는 여전히 사랑이다. 날카롭고 예민하고 자주 화를 내고 성질을 부리고 상당히 염세적인 데다가 무기력하지만 그래도 사랑이다. 이게 내 방식의 '나'이고 사랑이니, 더는 부정하지 않겠다.

그래서 사랑이지만 사랑이지 못했던 그 수많은 날에 진 빚을 갚으며 살아가고 있다.

나를 부르는 목소리에 손을 들어 화답하고, 내 이름이 섞인 흔한 농담에도 함께 웃는다. 그 정도 여유는 갖춘 어른으로 자랐다. 그러나 내 안에는 여전히 어리고 여린, '박사랑 콤플렉스'가 있다. 소란하지 않은 사랑은 없으니 그것까지 포함해 나를 사랑하기로 했다. 이토록 엇나가는 나를 계속 따뜻하게 지켜봐 준 모든 이에게 감사를 전한다.

그리고 네가 내 이름을 불러 줄 때 좋았다고, 그때만큼은 내가 사랑인 것이 기뻤다고. 닿지 못할 고백을 몰래, 여기에 적어 둔다.

2024년 여름

박사랑

안녕, 나를 마중하러 왔어

ⓒ 박사랑, 2024

초판 1쇄 인쇄일 | 2024년 6월 20일
초판 1쇄 발행일 | 2024년 7월 3일

지은이 | 박사랑
펴낸이 | 정은영
편 집 | 전유진 최찬미 방지민
디자인 | 박정은
마케팅 | 최금순 이언영 연병선 윤선애 최문실
제 작 | 홍동근

펴낸곳 | (주)자음과모음
출판등록 | 2001년 11월 28일 제2001-000259호
주 소 | 10881 경기도 파주시 회동길 325-20
전 화 | 편집부 (02)324-2347, 경영지원부 (02)325-6047
팩 스 | 편집부 (02)324-2348, 경영지원부 (02)2648-1311
이메일 | jamoteen@jamobook.com

ISBN 978-89-544-5071-3 (43810)